ここにひとつの□《はこ》がある

梨

角川ホラー文庫
24422

目次

第一章　邪魔

久しぶりに歩く故郷は、どこか茫洋《ぼうよう》とした気怠《けだる》さに満たされていた。昼寝から目が覚めた直後の午後四時四十五分、がいつまでも続いているような、未《ま》だ身体と意識がぴったりと重なり合っていないみたいな感覚。べたついた外気の中をずぶずぶと歩いているときも、冷房を模した微妙な送風でみたされた路線バスの中に入ったときも、白昼夢めいてぼやけた身体性が僕の意識から消えることはなかった。

その時は既に九月の中旬を過ぎていて、もうそろそろ晩夏から秋に変わり、湿気や溽暑《じょくしょ》も鳴りを潜めようかという時季であろう。そして現に、あの吐く息までもがうざったく感じる暑さや、いつまでもぎらぎらと肌を刺す光も幾分か控えめになっていたとは思うのだけれど、それによって過ごしやすくなっているとは言い難かった。

まだ「情緒」として許容できる不快感を含んだ夏の季節性から、時季という感覚が取り除かれて、結果としてぼんやりとした不快だけが残ったような、わざとらしい無毒化であった。苦い薬の味を誤魔化すために使われるゼリーの、あの無味で水っぽいゼラチン質が、体全体に纏《まと》わりついているような感覚がした。ぶるぶるとした粘性を保った半透明の被膜を通して、あらゆる感覚がぼんやりとした刺激を受ける。しかしその被膜はあらゆる刺激を遮断するほどに強いわけではなく、ただ大味の不快だけを伝え続けている。

嘗《かつ》て僕は、幼少期から高校を卒業するまでの十数年間を、この地で過ごした。いわゆる田舎町のように古めかしい郷愁はあまり感じられず、ただ田舎めいた不便をそのままに受け継いだ「町」が広がっていた。

中途半端に舗装された通学路としての山道を下りたところには、海へと繋《つな》がる小さな港があって、そこでは昔、漁へ出る前の若衆たちが赤銅色の肌をゆらして屯《たむろ》していた、気がする。ただ路線バスの窓越しにちらと見えた限りでは、今その場所はやや広めに埋め立てられてセルフのガソリンスタンドになっていて、しかし閑寂としたその空間に車や人の姿は見受けられなかった。

バスを降りて少し歩いたところには、数年前に出張の人々へ向けて建てたというビジネスホテルがあって、その遊園地の賑《にぎ》やかしみたいに嘘くさい外装は当時とあまり変わらなかった。そもそも、この地に出張で来る人が年に何人いるのかさえよく分かっていないのだが。

何というか、「ホテル」で検索して真っ先にヒットした無料の３Ｄモデルを、そのまま空いたところにぽんと置いたみたいで、とてもちぐはぐな印象を受けるのである。

あまりにも等間隔の窓や、あまりにも同じパターン模様の外壁は、外装というよりもテクスチャと表現した方が正しいように思えた。

　そのホテルの右横に急造された、午後十一時で閉まる個人商店の前を通り、いつ行っても閉まっている弁当屋が見えるあたりで一本奥の道に入る。国道やバスの運行路線からはどんどん離れていくのだけれど、僕があのバス停で降りるときは多くの場合でそのルートを取った。

　ここに伸びている道だと、まだ故郷の道として馴染《なじ》みのある風景だからである。否、ただ自分が知らない店や建物が増えること自体が煩わしいというわけではない、と思う。現に僕の家から十五分ほど歩いたところには、僕が上京したのち暫くしてから開店したというコンビニエンスストアがあるが、そちらに同様の気持ちを抱いたことはなかった。見ない顔の店員と会えば少しは話もする。24時間営業の店が新しくできたことで周辺の人の集まり方や通勤経路もだいぶ変わったそうだが、それは新しい生活の様式として馴染み、受容できるものだった。

　文字通り、「馴染みのある風景」かどうかが、無意識下での僕の判断材料なのだろうと思う。そこに新旧はそれほど関係なく、これから馴染む余地があると思えるかどうか。しかし、あの嘘みたいな壁で囲われた宿泊空間や、何とか其処《そこ》に合う導線を作ろうとして道半ばで放置されたプレハブの無人販売店などは、たとえ何年経って周囲が開発されていったとしても、混じることのない異物として在り続けるだろうと予想できた。

だから、たまの帰郷をする折にこうして付近を逍遥《しょうよう》するときは、できる限り馴染み深い場所のほうへと歩くのが、半ば通例となっていたのである。ただでさえ薄ぼんやりとした心持で所在なく歩いている僕は、殆《ほとん》ど条件反射のように、自動販売機に群がる蛾のように、身体が誘引されていた。


二十歳を過ぎて上京してから、僕は家に帰ることがめっきりと少なくなった。故郷に残った人々に思い入れがないというわけではなく、しかし強い訴求力をもって帰郷する理由もなかった僕は、ほぼ教科書通りに地元へ向かう機会を持たなくなっていった。三十を過ぎるころには二、三年に一度も帰る気持ちが湧けば僥倖《ぎょうこう》というレヴェルになる。たまに実家に同窓会の葉書が来ても、東京で生活している僕などがそれを知るのは開催日の数日前、ということもざらにあった。

友人からは東京での生活が特別に楽しいのだろうなとよく言われたのだけれど、それも曖昧《あいまい》な笑顔で返すほかはなかった。何というか、理由の分からない負い目のようなものが心中に去来するのを感じつつ、ほぼ無意識のうちに帰郷の手段と機会を見逃し続けてきたのである。

きっと、楽しいとか楽しくないとかの問題ではなく、故郷と居住地の関係性とは次第に「そういうもの」になっていくものなのだろう。そんな防衛機制じみた緩やかな諦《あきら》めをもって、僕は初秋の閑寂としたアスファルトに靴底をなすり付けながら、とろとろと歩いた。

その日はまだ午後四時を回ろうかという時間帯で、しかも平日だということもあってか、人通りは輪をかけて少なかった。一応はこの道も通学路であるはずだから、あと一時間もすればこの辺りにも下校途中の中学生が往来するのだろうけれど。

段ごとに高さの違う石階段を五歩ほどで上りきってから、僕は少しだけ迷ったのちに左の方向へ進んだ。右と左のどちらに進んでも、最終的には公民館などが並ぶ学区に繋がるやや広い歩道に出ることは分かりきっているのだが——何となく、より馴染みがある方へと誘われて、足が動いていた。

確か、小学校へ行くんだとしたら右のほうが早かったような気がする。先ほどと同じような石階段を幾つか経由して、ほぼ一方通行のような幅の歩道を道なりに進んでいくと、学校の裏庭へ繋がる坂まで数分ほど短縮できたのである。しかし左の場合は幾つか立ち並んだ住宅に沿ってぐねぐねと升目状の細道が分岐しており、鬼ごっこをするにも通学中に他の学友と合流するにも、色々と都合が良かった。登校する時間帯は家々の屋根や壁がうまく太陽の光を遮ってくれるため、特に今ぐらいの時季はこちらの道を重宝した覚えがある。

どちらの道を進もうか。

当然ながら学校に行く用事はないし、あてもなく帰郷先をぶらぶらと歩いているだけだから、時間に追われて近道をする必要もない。少しばかり綺麗《きれい》になっていたごみ収集所の横から細い道に入り、この家の前を通り過ぎたら、少し開けた道に出るはずだから――

「あれ、上尾《あげお》さんじゃないですか」

僕を呼び止める、思いもよらない声がした。

振り返ると、その住宅地のうちのひとつ、やや広い二階建ての家の中庭に、ひとりの女性が立っていて。

「やっぱり、上尾さんですよね。ほら、私、彩香《あやか》です。どうされたんですか、お久し振りですね」

名前と声から判断するに、そこにいたのは恐らく、嘗てその地でよく遊んでいた少女が大人になった姿だろうと思った。確か、僕の一歳ほど上だったろうか。彼女は僕の――恐らく最後に会ったときとたいそう人相も表情も変わっているだろう僕の――

姿を見て、にこにこと笑みを浮かべながら話しかけてきた。

彼女は、中庭で洗濯物を取り込んでいたような装いだった。捲《まく》られた袖《そで》からはするりと白い両腕が伸びていて、左手に空っぽの洗濯籠《かご》を携え、右手は今も家の前に立つ僕に向ってひらひらと振られている。閉まった中庭の窓の向こうには、僕が昔よく遊んでいた居間も少しだけ見えた。

「――はい。帰郷の序《つい》でに、少しだけ、散歩をしていて」

「へえ、こちらに帰ってきていたんですね。あ、立ち話もなんですから、折角ですし家で涼んでいきませんか。突然でしょうし、よろしければ、でいいんですけれど」

まさかこんな形で再会すると思わなかったひととの突然の対面に、僕は少なからず動揺していた。暫くは何も言わずに呆《ほう》けていた気もするのだが、その間も彼女は僕の返答を待ってか、そのまま笑顔で中庭に立っている。いいのだろうか、という逡巡《しゅんじゅん》も大いにあったのだが――結局僕は彼女に連れられるまま、家の中に上がっていた。

彼女の家は幼少の記憶とそれほど変わっておらず、壁や玄関といった内装だけが、ひそやかな経年劣化をただ甘んじて受け入れていた。この家はこの辺りには珍しく板張りの洋室などのある綺麗なもので、幼少期はそれを大層羨《うらや》ましく感じたものであった。

「それでは、こちらにお掛けになってください。今、お茶を用意しますので」

「ああいえ、お構いなく」


僕は招かれるまま椅子に腰掛け、少し辺りを見回した。テーブルを挟んで向こう側には、先ほどの中庭に繋がる窓がちらりと見えており、九月の少し傾きかけた陽光が透明な硝子《ガラス》を通して家の中に入ってきていた。僕が家に入る前に中庭から何となく見えていた窓を、今度は家の中から見返すような形である。

そこでふと気付いたのだが、それこそ部屋の中の陽光がより際立って目に入るくらいには、この家は少々薄暗かった。天井を見上げると白い二重丸のような蛍光灯があったのだが、それが点灯している様子はない。ただ様々な場所から取り入れられた自然光によって、この部屋はやや微弱な明るさを保っていたのであった。

「まだ陽が落ちていないから、蛍光灯を点《つ》けていなかったのですよ。電気代の節約――というわけではありませんが、私はよくそうしています。自然な光の方が、身体によく馴染む気がしていて」

薄茶色をした麦茶のグラスと白い水羊羹《みずようかん》を僕の前と向かい側に置きながら、彼女はそう言った。そのまま座るのかと思ったが、一度彼女はそのままテーブルを素通りして、ちらと見えている中庭の窓のほうへ歩み寄った。簡易的な縁側のようになっているその空間にしゃがみこんだ彼女は、先ほど見た中庭の窓の鍵《かぎ》をかちゃりと開けて、再びこちらを向く。

「窓、すこし開けましょうか？　涼んでくださいとは言ったのですが、もう夏も終わり掛けていますし、それほど冷房が効いているわけでもなくて。もしかしたら、外の空気を入れたほうが快適かもしれません」

「いえ、大丈夫です」

そうですか。何かあれば何なりと仰《おっしゃ》ってくださいね。そう言って彼女は再び鍵を閉め、改めて向かい側の椅子に腰掛け、どこかぼうとした気持ちでそれを眺めている僕に笑いかけた。

「本当に久し振りですね。こんな突然に遇《あ》えるなんて、思いもしませんでした」

「――はい。僕も正直、どう話を始めればいいものかと、思っていて」

鼻歌を歌うような調子で、彼女はちいさく息を吐いて笑う。その笑い方に、喉《のど》の根元が絞まるような懐かしさを感じた。

「彩香さんは――えっと、何をされていたんですか。洗濯籠を持っていらしたから、家事の途中だったら悪いなと思っていたのですが」

「いえいえ。ちょうど洗濯物の取り込みが終わって、家に戻ろうとしていたところだったので」

「……そうですか。確かに昔も、よく親御さんの手伝いで、このくらいの時間帯にやってらっしゃいましたね。家に帰ってすぐに籠を持って中庭に出て、縁側に取り込んだ洗濯物を置いて」

「ええ。それが終わってから漸く、家の中で遊ぶのですよね。遊ぶ友人はいませんけれど、その順番は今も変わってないんですよ」

かりん　と氷が音を立てて、彼女は麦茶を一口嚥下《えんげ》した。透明に感じるくらい、しろい皮膚に包まれた咽喉《のど》が、控えめにこくりと動く。傷や染みの見受けられない肌理《きめ》の細やかな肌も相俟《あいま》って、なにか液体めいた肢体がなみうっているような感覚さえ覚えた気がした。

「そういえば、煙草、お吸いになりますか。ライターはないので――あ、いつだかの盆に使ったマッチなら、仏間の方にあるかもしれません。取ってきましょうか」

「……ああ、大丈夫ですよ。僕はもうマッチを貰《もら》ったとしても、煙草は吸いませんので。あなたの前では、特に」

「へえ、そうだったのですか。仏間のマッチはきっと湿気っていたでしょうから、有難いです。おやめになったんですね、煙草」

彼女の長い睫毛《まつげ》が伏せって、ゆっくりと目が細まっていく。

「もともとが子供の度胸試しのようなものだったんですから、大人になってまで態々《わざわざ》続ける理由はありませんでしたよ。それに——いや、正直僕にとっては、いがらっぽくて楽しめたものじゃありませんでした。この齢《とし》になってもそれは同じです」

「へえ。わたしは割と好きでしたけれど、あの時の上尾さん。明らかにきつそうなのを隠して、できるだけ深く吸い込まないように、ほとんど咳《せき》みたいな呼吸を繰り返してて」

「あなたもよく分かっているじゃないですか、煙草をやめた理由。残念ながら今の僕は酒も煙草もてんで駄目です。甘いものを好むのは変わりませんでしたが」

視線をすこし下に落とし、自分の方の皿に載った水羊羹を見る。白く半透明の膜に覆われた餡《あん》が、部屋の中のやや暗い自然光に照らされて、皿の中央にもやもやと留《とど》まっている。僕は麦茶にも水羊羹にも未《ま》だ手を付けていなかったが、彼女の皿の上にあるそれの膜は既に、銀色の匙《さじ》によってぷつりと破られており、とろとろした黒い内容物をくっきりと露出していた。

「でも、少しだけ安心しました。矢張り、健康に良いものではありませんし。もし今もそうしたものを好いているとしたら、どうしてもこれからのお身体のことなんかも、考えてしまいますから」

「いえ。僕は今もこの通り、特に大きな病気もせずにいますから。寧《むし》ろ——」

僕が次の言葉を継ごうとしたとき、彼女は。

どこか意を決したような表情で、口を開いた。

「実は、衣里《えり》が——覚えていらっしゃいますか。えり。わたしの、妹の」

「……え、えっと、はい。知っているというか」

「亡くなったんです、あの子」

彼女の、あまりに唐突なその言葉に。

僕は殆《ほとん》ど放心状態で、ただ彼女の顔を見つめていた。

亡くなった。あなたの妹が。

あの子が亡くなってしまったと、そう言ったのか。

「ごめんなさい、突然にこんな話を始めて。でも、どうしても、言っておかないといけないと思って」

彼女は、さらに陽が落ちて暗くなった部屋の中で、俯《うつむ》きながら話を続けた。

「あの子は車に轢《ひ》かれて、死んでしまったのです。車に轢かれてすぐに死んでしまったのではなくて、車に轢かれたことが原因で、暫くして死んでしまった」

蛍光灯が点いていない部屋。かろうじて彼女の表情は窺《うかが》い知れるものの、僕はあまりそちらを見ることができなかった。彼女の向こうに少しだけ見える窓、そこから入ってくる陽光だけは際立って明るかったが、そんな小規模な光の筋がこちらまで届くわけもない。

「こういうふうに言うと、何か車に轢かれたことの後遺症で身体を悪くして、死んでしまったのだと思いますよね。でも、ほんとうは違って。いや、その事故が確実に影響しているのは、間違いないと思うのですが」

「――えっと」

なんとか、相槌《あいづち》にも満たない返事を、言葉にしようとする。そこに至って、僕はこの家に入ったときの逡巡を思い返していた。

このまま家に入って、本当に良いのだろうかと。

「とても在り来たりな、運転手の不注意による不幸な事故でした。青になった横断歩道を歩いていた衣里は、速度を落とさずに突っ込んできた乗用車に轢かれかけて――その直前に、なんとか身体を翻そうとしたのでしょう、バランスを崩して、道路に倒れこんでしまって。そのままタイヤとアスファルトの間に挟み込まれるような状態になってしまった衣里は」

炎天下のアスファルトの真上で。

肌を削られるように、身体全体をざりざりと引き摺《ず》られてしまったんです。

「直前で事に気付いた運転手は慌てて速度を落としたんですけれど、それが幸なのか不幸なのかは今となっては分かりません。中途半端に速度の落ちた車は、あの子の身体をぽんと跳ね飛ばすこともなく、その表面の皮膚を肉をゆっくりとした速度で丹念に削り取っていきました」

僕はただ茫然《ぼうぜん》と、彼女の話を聞いていた。

「当然ながら大変な騒ぎになって、衣里はすぐ病院に運び込まれました。先ほど言ったように車が特別速かったわけではありませんから、かなりの治療は必要としたのですが、何とか一命は取り留めることができました。でも、どれだけ治療を施しても、火傷痕《やけどあと》のように残ったケロイドが、完全に消えることはなかったようで」

そこで彼女は、改めて僕の目を覗《のぞ》くように見詰める。薄黒い部屋の中にあっても、あってこそ、彼女の透き通るような顔は、より際立って見える気がした。

「あなたも、或《あ》る時期から私たちと会えなくなったことを、不思議に思っていたかもしれないですね。事故のことは又聞きしていたかもしれませんが、それなら猶更《なおさら》、自分から会いたいとは言い辛《づら》かったでしょう。私は当事者ではありませんでしたから、いつでも会えたとは思うんですが——よく一緒に遊んでいたあなたと会うのは、すこしだけ気が引けました。衣里はあなたのことを、たいそう気に入っていたようでしたから」

その痕を見られるのが、ひどく厭《いや》だったようなのですよ、あの子は。

あの子、と彼女が言葉を発したのとほぼ同時に、麦茶のグラスに入っていた氷がからんと音を立てた。角が溶けてやや表面がなめらかになった幾つかの氷は、透明な硝子《ガラス》の向こうでやや白く濁りながら凝然と留まっている。

「自らの顔が皮膚が容貌《ようぼう》が、予想もしない形で変わってしまって。恐らくあの子も頭の中で、それを気にするようなひとではないと判っていたとは思うんですが。退院した後も、あなたに会おうとするとどうしても気分が優れなくなってやむなく諦める、それを何度も繰り返していました。容貌の変化よりも、どちらかというとそっちがより堪《こた》えたみたいで。自分は、心の底ではあなたのことを信用していないんじゃないかって」

既に、陽は殆ど落ちかけていた。ほぼ秋に近い晩夏の気候だったのだから陽の落ちが早いのも当然であろう。閉め切ったこの部屋において、既にして高い湿度や気温といった溽暑《じょくしょ》の感覚はとうに失われていた。ただ微熱を出した時のようにささやかな悪寒が、薄く薄く、僕の皮膚の全体にぺたりとはりついている。

「衣里にとって、そして衣里の想像上のあなたにとって、あの瘢痕《はんこん》は馴染《なじ》みのない異物だったんだと思います。突然に自分の身体のうえに出現した、ほかの何とも混じりあうことのない異物が、取り除くこともできずそこにあり続けることが、あまりにも不快で、怖かった」

彼女はそこで不意に、先ほど通ってきた廊下や縁側のある方を向いた。今の視界で彼女の姿はほぼ影のように見えているのだが、彼女の豊かな黒髪の動きによって、そうと判別できた。

「それこそ、仏間にあるようなマッチ箱——今は既に湿気ていると言いましたが、あのマッチ箱のことを彼女は、半ば偏執的に嫌厭《けんえん》するようになりました。マッチではなくて、マッチ箱を、です」

僕は、頭の中でマッチ箱を思い浮かべる。

てのひらで包み込めるくらいの大きさの直方体。むっつある面のうちひとつが紙《かみ》鑢《やすり》のようになっていて、棒の先を擦《こす》ると忽《たちま》ち着火させることができる。

「あの箱、必ずひとつの面はざらざらとしていて、摩擦の熱で火を起こすような造りになっているでしょう。衣里はそれを、見るのもいやになってしまったらしくて。今にして考えれば、交通事故とは全く関係ない事物でも『そう』なってしまう時点で、かなり限界が近かったんだと思いますが」

マッチ棒を、熱になる前の熱を、内包する小さな箱。摩擦熱、すなわち抵抗の大きなものを激しく擦過させることによって、人に一生治らない傷をつけられるくらいに激しい熱を出すことのできる箱。

「最後の方にはあの子、その箱の置かれている場所——当時は居間にもひとつ置いていたのですが、それがある場所自体を強迫的に忌むようにすらなっていました。だからもう、自室から出てこられないような状態で。勿論《もちろん》、あの子はその時点で、普段の生活を問題なく送ることができるくらいには、身体的に完治していたのですよ？　でも、そうした自閉的な傷はそれに反比例するようにして、どんどん大きくなっていて、そして」

そして、

そして死んでしまったのです、と彼女は言った。

「だから、広義には車に轢かれて死んでしまったということになるのだと思います。車に轢かれてすぐに死んでしまったのではなくて、車に轢かれたことが原因で、暫くして死んでしまった。その『暫く』がある分、余計に救えない気がするんです」

首を吊《つ》ってしまいました。

もう黒い塊みたいになった彼女が続ける。

「その時の顔を、私は見ていません。発見したのは私ではありませんでしたし、仮に私が発見していたとしても、その姿を直接見ることはできなかったでしょう。あの子は夏だというのに全身を覆うような長袖《ながそで》の衣服で厚く厚く体を包んで、頭にはお面のようにビニール袋や紙袋を何重にも被《かぶ》って、殆《ほとん》ど肌の見えない状態で息絶えていたそうですから」

そして彼女は、長い長い独白を終えて、口を噤《つぐ》んだ。

殆ど何の音も聞こえない、真っ暗な空間で。

ただ向かい側にいるひとの気配と、ほぼ戦慄《せんりつ》に近い寒々しさだけが、ひたすらにくっきりと感じられた。

「本当に、ごめんなさい。今こうして会えるとは思わなくて、本当はいろいろな思い出話をするべきなんでしょうけれど――どうしても言っておきたかったんです」

「……そう、ですか」

「もう辺りも暗いので……どうでしょうか、あなたさえ良ければ、これから家で晩御飯でも、昔みたいに。こんな話ばかりではなんですから、その時は電気も点《つ》けて、いろんな話を」

「――いえ。そろそろ帰らなければならないので。お暇《いとま》させていただきます。今日は有難うございました」

僕はそのまま、席を立った。真っ暗な中では彼女がどんな顔をしているのかも窺《うかが》い知れないし、そもそもちゃんと家を出ることができるのかも定かではない筈《はず》なのだが、なんとなくこのままでも玄関まで行けるだろうという無根拠な予感があった。小さいころにあれだけ通い詰めた家だからという理由もあるが――

何となく、より馴染みがある方へと誘われて、足が動いていた。暗闇から明るい電灯へ吸い寄せられる蛾のように、確実に。

玄関に着いて、お邪魔しました、と僕は誰にともなく呟《つぶや》いた。

からからと扉を開け、家を出る。

辺りはやはり暗くなっており、ぽつぽつと街灯に照らされた住宅地の中で、先ほど来た道を歩いていった。人通りはやはりまばらで、恐らく塾帰りであろう子供や、スマートフォンを持ったサラリーマンらしき男性などとたまにすれ違う程度であった。

同じくスマートフォンを手に取って時刻を確認する。十八時三十分。散歩にしてはやや遅い。そろそろ帰郷先の家に戻らなければならないと、僕は数字盤をタップして電話を掛けた。

「もしもし。僕だけど」

——もしもし。そろそろ晩御飯できそうだから、ちょうど電話しようと思ってたとこ。お義母さんと煮込みハンバーグ作ってて。今どこにいるの、どっかお買い物?

「あのさ、衣里」

——え、なに急に改まって。

「さっき、彩香さんと会った」

——はい? 彩香って、お姉ちゃん? 何言ってんの。お姉ちゃんはもうとっくに、

「いや、分かってる。詳しい話は帰ってから幾らでもするから、取り敢えずひとつだ

け、僕の質問に答えて欲しくて」

――……ねえ、ほんとに何の話？

「例えば。例えばだけど、彩香さんが今、僕に会うことができたとして」

――……うん。

「もし彩香さんが一時的にどんな姿にもなれたとしたら、あのひとはどうすると思う」

――……ああ。ええ、そうだなあ。

「勿論、例えばの話だから。衣里が思う彩香さんはどう考えるのかを、聞いてみたくて」

――そう、だなあ。でも絶対、――亡くなる前の姿ではないとは思う、かな。自分だけ姿が変わんなくて齢《とし》も取らない、周りに馴染んでない、みたいなのは嫌がるだろうし。

「うん。僕もそう思う」

――そっか。じゃあ、……何の傷も付かずに大人になったときの見た目、とかかな。そのまま順当に大人になってて、でも事故の時とか最後の時の傷はきれいさっぱり無くなってる、そういう感じになってると思う。あなたの前なら、特に。

「――なるほど」

――うん。お姉ちゃんはあなたのこと、すごく気に入ってたから。よくある、死んだときの姿のままで恨めしく会いに行くって感じではないと思う。そうやって大っぴらに恨み言を言うとか、あの人にそんなことする勇気はないよ、多分。

「――そうか、有難う」

――よく分かんないけど、役に立ったなら何より。早めに帰ってきてね。

そして、僕は電話を切った。

この道を、嘗《かつ》ての通学路を歩いて家に着くまでは、どれくらいかかるだろうか。あの頃は十数分だったから、今の僕なら数分か。

歩を進めながら、僕は先ほどまでの幾つかのことを考える。

矢張り、ついさっきまで僕が遇《あ》っていたあの女性は、既にこの世にいないひとであったのだろう。いや、それは遇ったときからもう分かっていた。名前と声から、そこにいたのは恐らく、嘗てその地でよく遊んでいた少女が大人になった姿だろうと判断することはできた。しかし僕の記憶の中には、当然ながらあの年齢と容姿の彼女の記憶などない。しかし目の前に立っているひとは恐らく彩香さんなのだろうという、確信と不可解の綯交《ないま》ぜになった感覚ははっきりと感ぜられたのである。

だからこそ、大いに驚愕《きょうがく》し呆《ほう》けたまま立ち尽くすしかなく、家に入るときも大層逡巡《しゅんじゅん》した。もし彼女が本当に彼女だったとして、僕はこの家に入っても本当に大丈夫なのだろうかと。しかし、どこか恍惚《こうこつ》にも似た、喉《のど》を締め付けられるように暴力的な懐かしさを感じ、僕は誘われるまま家の中に入ってしまった。

よく考えれば、あの時の中庭での姿も多少は不自然だったのである。彼女は空の洗濯籠《かご》を持っていて、「ちょうど洗濯物を取り込み終わった」ところだったと言ったが――彼女の言の通り、本当に家事のやり方があの頃の習慣のまま変わっていないのであれば、空の洗濯籠を持って中庭に立っている状態は起こりえない。

嘗ての習慣の場合、彼女は洗濯籠を持って中庭に出て、取り込んだ洗濯物を再び縁側に置いていた。つまり、取り込んだ洋服で満杯になった籠を持って、中庭の窓を開け、縁側に置いてから再び窓を閉めるのであるが――仮にその状態で再び籠を持って中庭に出て、僕と鉢合わせたのならば、その時点で縁側の窓の鍵《かぎ》は開いていなければならない。

しかし、僕を部屋に招き入れた彼女は、外気を入れようとして窓に手をかけ――かちゃりと、鍵を開けた。

そもそも、一度服を入れた洗濯籠をすぐに再び空にして中庭に出る理由はないし、家の中に入ってからも、例えば畳まれた洗濯物などは一度も見ていない。だとすれば、彼女のあの振舞いについて考えられる理由は――嘗て僕が家に遊びに来た時の習慣を、急拵《ごしら》えで「再現」した、辺りが考えられるだろうか。僕の記憶にない年齢と容姿になった彼女が、僕の記憶の中に残っているかもしれない嘗ての仕草を、僕に少しでも思い出させるために。

そこまでは、何となく分かる。そこまでは。

だとしても。

だとしても、彼女が自分自身の死に様を、まだ生きている自らの妹の死に様として僕に伝えた理由は、未《いま》だに分からないままであった。

彼女の話を聞きながら、そこで漸《よう》く僕は強く恐懼《きょうく》し、そして戦慄《せんりつ》したのである。あの交通事故も、そのとき身体にできた傷痕《きずあと》も、その後で彼女が強迫的に恐怖していたさまざまなことも、そして強迫的に苦しんだ末の死に方も。すべて僕が彼女以外の人間から聞いた、生前の彼女に纏《まつ》わる情報だった。彼女があの小さな箱を嫌厭《けんえん》していることは知っていたから、もし彼女と再会しても絶対に煙草は吸わないと、僕は当時から決めていたのである。

何故なのだろう。

家に着くまでもう少しという段になって、それでも僕は考え続けていた。

腕にも顔にも首にも、そのやわらかで透き通った肌に目立った傷痕を何一つ残していない状態で大人になった彼女が、ふらりと帰郷した僕の前に急造の懐かしい装いで現れて、そして自らの死に様を妹に仮託して、思い詰めた表情で僕に伝えてきた理由。

何故彼女は、そんなことをしたのだろう。

ささやかな、当てつけだろうか。

家に来るたび、一緒の遊びを繰り返していた幼少の僕が、結局は自分ではないもうひとりを選んだことへの。

もうひとりと一緒に逃げるように東京へ発ち、ほぼ無意識のうちに帰郷の手段と機会を見逃し続け、それを故郷への思いが薄れたからだという防衛機制じみた合理化で自らに納得させていたことへの。

彼女なりの、あまりにも婉曲《えんきょく》的な復讐《ふくしゅう》なのだろうか。

僕は先ほどの、衣里との会話を思い返す。

——大っぴらに恨み言を言うとか、あの人にそんなことする勇気はないよ、多分。

もし。

もし彼女が、そういった思いを僕に持ち続けていたのだとしたら。

きっと僕が帰宅している今も、彼女はあの真っ暗な食卓に、ただ座り続けているのだろう。電気を点《つ》けることもなく、ただ真っ暗な空間で、自らの顔や肌を塗り潰《つぶ》すように、黒い影に馴染《なじ》ませて。

目の前の数メートル先に、生家が見えた。夕飯を用意しているのだろう、窓越しにも分かる暖色の電気が煌煌《こうこう》と点いた我が家。その際立った灯《あか》りに反比例するように、今自分が歩いている人通りの少ない帰り路《みち》は、やはりどこか暗く不気味な気がした。

家に向かう足を早める、その直前。

僕は、言いようのない期待のような一抹の感情をもって、今まで歩いてきた暗い小道を、そっと振り返った。

視界の先には。

ただ誰もいない夜道が、どこまでも寒々と広がっていた。

第二章　放課

歩きながら考えていたことがあった。

恐らくは子供のころの、抜け落ちた記憶の話である。

二十代も後半に差し掛かると、直近数年間のエピソードトークをやりくりするのにも限界が生じてくる。職場もプライベートも話し相手がかなり固定されてきて、合わせる顔に対して交わさなければならない会話の総量が多くなるからだ。最近こういうことがあった、という話をしようにも、大抵その話し相手もその場にいるためにほとんど機能しない。

だからトークテーマの多くが、相手の知り得ない学生時代の思い出とかそういうものになってくるのだが、これも自分の体験談を話そうとすると、意外にも上限が低いことに気付かされる。部活なにやってたかとか、奇異なローカルルールとか、結局は笑い話になるエピソードトークに帰結するものだから、たいていのパターンが決まってきてしまうのである。

そんなふうに回り回って、もはや自分の経験ですらない小中学校のあるあるじみた世間話をデスクでしていた、木曜の午後。サラダチキンを歯でこそぎ取るように咀嚼《そしゃく》しながら誰かが言った、あまりにも何気ない一言がきっかけだった。

「──でもなんか子供のころって実際、妙にモノモチの悪い子っていませんでした？　特別乱暴な性格とかでない子でも、すっごい頻繁にプリントぐちゃぐちゃにしちゃう感じの」

確か「子供のころは力加減が分からず、すぐに消耗品を買い直させてしまう」みたいな話題だったと思う。すぐに芯《しん》を折るから授業中いつ見ても鉛筆を削っていて、異様に文房具の回転が速い人がいた、といった話。それを単純に幼少期の乱暴性として話をしていたときに、同僚だか後輩の誰かがそんな風に言い出したのだ。

「あー、いたような気します。いじめとかじゃなくて、本当にただ物をぼろぼろにしちゃう感じですよね。布製の筆箱に穴開けちゃう子とか」

「筆箱は確かに人柄出る気がするなあ。俺もインク切れた赤ペンとかそのまま入れてたような記憶がある」

「あと、たびたび落としますよね授業中とかにも。国語の静かな板書写しのときにカンペンケースとか落とさないでほしかったな、あれほんとにびっくりするんですよ」

そんな風にぽつぽつと、モニタからはあまり目を離さないままに近くの同僚や後輩が喋《しゃべ》っていた。普段だったら私もその会話に参加しているし、その時も何か自分が思いつく何かを話の中に入れようと昔の記憶を巡らせていたのだが。

なぜか彼らの会話を起点に学校の思い出を振り返ろうとしても、どこかで記憶が途絶してしまうような感覚があったのだ。通信エラーのログがキャッシュに残ってしまったせいで、リロードしても動画が再生されないみたいに。思い出そうとしても、どこかで頭の中の読み込みが意図せずにフリーズされる。

「机に名前とか彫ったり？」

「いやそれは無かったかも、寧《むし》ろ鉛筆で落書きして消した跡がつるつる机に伸びてるイメージの方が強いかも。へんに黒ずんだ帯みたいになっててさ」

「妙なとこ覚えてますね。消しゴムってたぶんざらざらした紙に書いた文字を消す前提で作られてるから、あんな滑りやすい机に文字書いたら消えずに鉛筆の黒が伸びちゃうんですよ」

「え、やってた側なの？ カンニング？」

「いや、板書を写してるふりして机に絵描いてました。ペンタブ使ってるつもりになれて好きだったんですよね」

「あーなるほど。でも確かに、消しゴムの使い方が雑なまま放っとかれてる机の感じは分かるな。それこそ消しゴムのカバーがいつのまにかなくなってて――」

「鉛筆刺した跡がある？」

「そう」

何故だろう、と私は、そっちのほうに思考の舵《かじ》を取られていたのだった。周りからすれば今日は雑談に加わらずに集中して話は聞き流している人間、というただそれだけの一幕だったのだろうが、心中ではその妙な記憶の引っ掛かりをただひたすらに追っていた。

「あったなあ黒い穴のついた消しゴム。一回やるとすげえ後悔すんだよあれ」

「さっきから全部やってるじゃないですか先輩。それはもう元の趣旨から離れてきてませんか、一応乱暴な性格じゃないけど妙にモノモチが悪いひとっていう話題だったはずですけど」

所々で、会話の節々で、その疑念じみた違和感が一瞬だけ強まる気がするのだ。

「いや、でも机になんか彫るとかそこまでではなかったから。そんなレベルで机汚したことはない。何かやるにしても自分の持ち物にだけっていう線引きがあって」

「そんな変わんないよそれ、絶対お道具箱汚いやつじゃん。だって見えるもん、机とお道具箱の間にあるコッペパンが」

「あれはでも、この飽食の時代にあんな娯楽のない味にする方も悪くないか。班にして食ってるときも、みんながどうやってあれを処理してるのかほんとに分かんなかったからな」

「そもそも、間接的に机汚してますよねそのパン」

なぜ、この会話で、どこかそわそわとした違和感が心中に溜《た》まっていくのか、分からないままにその違和感を受け入れるしかなく——私はただ、うわのそらでキーボードを動かしていて。

結局その会話には入らないまま、入るタイミングを逸したまま、午後六時の駅改札を出ながら、ぼうと一人で考えていたのである。

それはどんな記憶だったろう。

でも起点は確かにあの会話で、つまりは小さいころにモノモチが悪い子がいた、という話題から思い出したはずなんだ。小さいころの、幼少期の、小一？　そのくらいの子供であったような印象がある。

でも小学一年生の同級生という感じはしなくて、寧ろその時期に「持ち物の汚れ方」で人の印象を対象化する術《すべ》はまだ持てていなかった気がする。どこどこのキャラクターのナップザックを持ってる、においつきの消しゴムを持ってる、丸文字がうまく書ける、そういった印象の方が、小学一年生のころはより強かった。勿論《もちろん》「今にして思うと」という観点でその時期の同級生のことを思い出すことだってありはするだろうけど、そのときに私が思い出そうとしていた心証は、そういう訴求的なものではなかった気がするのだ。

あの時の自分が、あの時の自分の心の動かし方で、「モノモチが悪い子供」という印象をくっきりと持った誰か。その誰かに対して私が抱いた何らかの記憶を、二十八歳になった私はあの場で思い出そうとして、そしてできなかったのである。なにかを、厳重に押し込めているかのように。

でも、自分と同期でない小学一年生の子と学校で会う機会なんてあっただろうか。私は一人っ子だから（いや、仮に弟や妹がいたとしたら猶更《なおさら》その学年には行こうとしないか）下の子たちとのつながりなんて皆無に等しかったし、教員を志望したわけではなかったから、卒業してしまえば二度と「小学校」に行く機会なんてない。

あ、とそこで思い出した。

たぶんそれは私が小学六年生の記憶なのではないか。

今はどうなのか知らないけれど、少なくとも私が通っていた時期と場所では、入学と同時にそれぞれの新入生に六年生が「割り振られて」、生活のことあるごとに甲斐《かい》甲斐《がい》しく世話の真似事をするという習慣があった。歓迎遠足で近くの公園へ行くときに手をつなぐ相手、一学期序盤の昼休みで週に一回ほどペアを組んで遊ぶ相手、生活の授業で一緒に花木のスケッチをする相手——そういったものは、一学期の最初に決められていたのである。

基本的には男の子同士、女の子同士でペアを組むことになるんだけど、私のクラスはやや女の子の比率が多くて、そのときの一年生のクラスはそうでもなかったから、結果的に私を含む何人かの女子グループは男女ペアにスライドされた。たぶん私を含める何人かが選ばれた理由は、私たちの苗字《みょうじ》が渡辺《わたなべ》とか山崎《やまざき》だったからであろう。そう、何となく周辺情報は思い出せてきている気がする。

「あやおねえちゃん、よろしくおねがいします」

そんな経緯で、小さな学校体育館に集められた最高学年の児童たちの前にひとりずつ小さな（当時の私たちからしたら本当に小さかった）児童たちが集まって、恐らくは練習したのであろう挨拶《あいさつ》とお辞儀をされたんだ。確か遠足の前日の顔合わせとかだったんじゃないかと思う。

私の前にぽてぽてと歩み寄ってきたのは――みちとくん、という名前の男の子だった。常に平仮名でしか名前を見ていないから、漢字でどう書くのかは思い出せない以前に知らない。

背の違いでそう思っているだけなのかもしれないが、活発ではあるもののどこかで微《かす》かにおずおずとした印象のある子だった。背の順で並ぶ時も手を腰に置いている児童のふたつ後ろとかにいたから、余計に上目遣いで背伸びぎみに見上げているイメージがついたのだろう。私からすれば、話し相手の身長が自分よりも低いということ自体があまりない経験だったからだろうか。正面にいる彼が私を、やや不安げに見上げているその構図はやけに頭の中に残っている。

弟も妹もいない低身長の私からすれば、私をおねえちゃんと呼び、私の四割くらいの歩幅でぱたぱたと忙《せわ》しなく動き回り、文節で区切る国語の授業みたいに時折話しかける彼は、あらゆる点で私の知らないひとであった。

いつだったか、一階の、給食室（調理スペースがあるのではなく、給食センターから運び込まれたご飯やおかずを置いておく場所のことを私たちは給食室と呼んでいた）に近いほうにある組に週一くらいで出向いて、何かの授業の手伝いをしたことがあった。確か「まちしらべ」といったお題目で、前半を座学として教室で受けて、そのあとでペアで外――一度、班を作って校外に出た記憶もある――に出て、色々なものを記録するという内容だったと思う。

バインダーに絵日記帳みたいなフォーマットの紙を何枚か挟んで、例えば「中庭のおひさま花壇の近くにぺんぺん草があった」「学校の坂道を下りたとこの神社に一本だけすごく高い木があった」といった簡易的なレポートとスケッチを書く。

私も絵は好きだったし、彼も勝手にどこかへ走って行ったりすることもなく、静かに私の手を握ってついてきていた。当時の私が「小さい男の子」に抱いていたイメージと比較すれば拍子抜けするほど丁寧で真面目だった。

ただ――だからこそ、なのだろうか。度々、彼と一緒に過ごしているときには彼の

「持ち物」に、注意が向くことがあった。それこそ、かりかりと深緑色の鉛筆を走らせている彼の手元、鉛筆の芯《しん》に近い木製部分についたいくつかの噛《か》み跡や、やけにべこべことへこんで所々の装飾が剝《は》げた缶の筆箱を見ているときなど。

会社の人が話しているときにも誰かが言っていたが、別に誰かに虐《いじ》められ、孤立しているという感じではなかった。寧《むし》ろ彼は傍目《はため》から見ても同級生の友達が多い方だったし、仮にその時期に直接的な物品の損傷を伴う虐めを受けていたとしたら、もっと雑で大っぴらな暴力性が発揮されていただろう。第一、虐めが起こっているコミュニティの雰囲気は、同じ空間で生活している子供なら学年が違おうとも比較的容易に察することができる。うまく言えないが、彼は「そういう感じ」でなかったことは確かだと思ったのだ。

「皆もな、お賽銭《さいせん》っちゅうのを神社さんに納めたことはあるかもせんけども。其《そい》は何も、神さんを金で買っとるんでは無《の》うしてな。ほら、店で小銭を落としたら知らん人も振り返りゆうやろ、ああして神さんを呼ぶための音っちゅうことで。これからわたくしが願いを言いますので聞いたってください、って合図なんやな」

グループを組んでまちしらべに赴いたときの、通学路をショートカットするのによく使う神社の神主さんが話す言葉を聞きながら彼が動かしている、既に他の同級生よりも数段短くなっているクーピーを見ながら。

私は、どこか不思議な気持ちになっていたのを覚えている。六年生の男子の何人か——中休みの教室で頻繁に愚痴の槍玉《やりだま》にあがるような、いわゆる「男子」の乱雑さによってそうなるのならまだ分かる。でもこの子は明らかに彼らと違うように思えるのだが、そういうものなのだろうかと。もっと言えば、彼も将来的に「ああ」なってしまうのは嫌だなと、あたかも彼の成長を案じる側に自分がいるかのような考えを、ぐだぐだと巡らせていた。

「うちの学校もそうですけど、この神社の辺りには杉が多いですね」

「ああ、そうかも知らんですね。この辺りの神社って大体、神木も杉か檜《ひのき》が多かでしょう。それほど手入れをせんでも太う高うなって、ちょうどいいくらいに人里離れたところに生えてくれるからでしょうな。硬いから材木にも良い」

引率の先生が神主さんと話しているのを聞くでもなく耳に入れながら、あらかた書き終わった私は所在をなくして周囲の景色を眺めていた。通学路のショートカットに使われるくらいだから、人通りのあるところではあるのだが、どうしても薄暗く辛気臭い感じは否めない。この境内に続く階段を下りたところには小さな公園と広場の間みたいな空間があって、そっちでは鳩にパン屑《くず》を撒《ま》いているおじさんがいたり、ゲーム機を持って集まっている三、四名の中学生がいたりするから、みんなもそっちに集まるのだ。

「そうなんですよ。うちの学校もクラスの学習机は杉のを採用していて、図工学習もそのあたりの木材を使うんですが、使い勝手がいいんですよね」

「勝手に高う生えてくる木は他にもありますが、この辺だと枇杷《びわ》とか。ああいった木はひょろひょろしとるから利用には向かんでしょうな。庭先に枇杷を植えたらいかんとも言いますが、枇杷は実をつけるから神社にも向かんし」

「実をつけていると駄目なんですか」

「腐って落ちたところに虫が湧きますし、手入れも大変ですからなあ。それに昔は、そんなものがあると枇杷泥棒が忍び込みますけんで」

「ああ、それもそうか」

「まあ先生みたいな学者さんの言葉で云うなら、死の穢《けが》れっちゅうやつですね。虫が湧く、実が腐り落ちる、動物が集まる、そうすると神社の中に生き死にの流れが出てきてしまいますわな。それに中《あ》てられて、動物の霊が集まってくるような場所になっても困ると——ああ大丈夫、お化けが出るっちゅう話をしてるんじゃないからな」

そこで一年生の誰かが、ここゆうれいいるの、と心配そうに尋ねたことで、ふたりの大人の話は何となくお開きになった。私もその話を全く聞いていないわけでもなかったため、さも当然のように「霊」という言葉が会話に出てくるのを少しばかり新鮮に感じた。職業が職業だから当然ということでもないのだろうが——同時に、その場所の身近に「霊」があるということも、どこか実感を持って諒解《りょうかい》された気がしたのである。

学校と公園、通学路のさなかにある、死と霊の存在がしみ出した空間。神社の人々の言い分に則《のっと》るならば、寧《むし》ろ私たちが暮らしている場所の方が死穢《しえ》や血穢《ちのけがれ》にまみれた不浄な空間ということになるのだろうが。それらを極端に隔絶しているその空間に在ることで、その場所において不在する死の存在が、殊更《ことさら》に強調されている気さえした。

まちしらべの授業が後半に差し掛かり、授業のカリキュラムがインプットからアウトプットに変わったころ。一年生と六年生のグループは、これまでに調べた内容をクラスの人々に発表するべく、書いたレポートを班ごとに模造紙にまとめることになった。

基本的には先述のバインダーに書いた内容を貼るか転写すればいいのだが、それだけでは紙のスペースが埋まらないようになっていた。その紙をどうまとめて配置し、見出しや色ペンなどを使ってレイアウトするかを考えましょう、ということなのだろう。

六年生の教室がある三階まで一年生を毎回往復させるのは忍びないという配慮からか、決まった曜日の五時間目——午後の最初の授業が始まるときには、私たちが一年生の教室に赴いていた。

彼はそのとき、齢《とし》相応に汚くはあるが丁寧な文字で見出しの袋文字を手書きしていて、私は賑《にぎ》やかしの折紙を花や星の形に切りながらなんとなくそれを眺めていた。机の上に置かれた紙の筆跡には所々でがたがたと引っ掛かったような形跡があり、恐らく机に刻まれた何らかの傷が原因なのだろうと思った。

「今日の給食、そんなに美味《おい》しくなかったね」

「んー、うん」

「サラダとかってさあ、なんであんなべちゃべちゃしてるんだろうね。まだコンビニの生野菜をそのまま食べる方が、わたし美味しいと思うんだけど」

「そう、かなー」

「大きいおかずのシチューもジャガイモとかカボチャがいっぱい入ってるやつが配られてきちゃって、それだけで苦しくなったからぜんぜんパンが入んなくて」

「……そうなんだあ」

「なんで給食のパンって、あんなに味が無いんだろうね。もっとおやつみたいに食べれるやつがいいな」

と、そこで私は、彼がクーピーを動かしている机に目を遣《や》った。

彼のお道具箱は、例えばクーピーを収納する樹脂製のケースがそうであるように所々に傷がついていて、強引に収納された筆箱からは低学年用の鋏《はさみ》が飛び出していた。

いくら子供用に刃先が丸く作られているからって流石に危ないだろう、と思ってそちらを見て――そこで、もうひとつの問題点に気付くに至ったのである。

「ねえ、みちとくん」

「――なに」

「みちとくんさ、ちゃんと給食食べてる？」

「……え、たべてる、けど。さいごはちゃんと、のこさずにたべてて」

「ふうん」

私は、先生や他のクラスメイトに見られないように（彼の机が壁際だったことが功を奏した）、彼のお道具箱の側面に軽く手を差し入れた。がさがさとした感触と、空気を含んで押し返すような手応《てごた》えが左手に伝わる。

やっぱりだ。

「これ、何かな」

「…………」

ちらと机の中を見る。そこには、薄いビニールに包まれた薄茶色の塊が確認できた。奥の方は遮られたように暗くてよく見えないが、少なくとも私がてのひらを広げてそれに触れ、それでもなお指先が端に届いてないくらいには原形が残っている。

いまは五時間目、午後最初の授業。昼休みが終わってすぐだから、事が行われてからそれほど時間は経っていないだろう。

「今日のパン、ほとんど食べてないみたいだね。私も思ってたけど、やっぱり美味しくないか」

「……えっと、その。ちがうの」

「ああいや、大丈夫。別に誰かに言おうとかそういうことじゃないから。寧ろみちとくんは真面目すぎるくらいに思ってたから、こういうとこあるんだってちょっと安心したかも——まあ、だからって内緒で残しちゃうのはちょっと、だめかなあって思うけど」

何かを言いたげに目を伏せる彼に、私はそれこそお姉ちゃん風を吹かせてそんなことを言っていた。

「ほら、今机の上にあるクーピーのケースもそうだけどさ。一応は自分の物でも、お母さんとかお父さんが買ったやつなんだろうし。給食も給食センターのおばちゃんが作ったやつなわけじゃん？　だからせっかくだし、もうちょっと大事にしてもいいんじゃないかなあって」

つい先ほどまで給食の愚痴を会話の種にしていたことを棚に上げながら、私は一昨日《おととい》くらいにゲーム機の使い方で父から受けた説教の内容をそのまま流用して、約六歳下の男の子に話しかけていた。彼はちらちらと周囲を、そして私の顔と腕を見ながら、おずおずと返答を選んだ。

「……うん、だからその、──ひだりて」

ああそうか、流石にずっと人の机の中に挿し入れていたら他の子に怪しまれるか。

私は慌てて左腕を机から抜く。腕の一方から金属のひんやりした感触が伝わる。

引き抜いた腕のもう一方はお道具箱の側面に触れていたのだが、本来は厚紙でつるつるとしているはずのそれは所々に傷やへこみのようなものが付いている。直接注視せずとも触感でそれを確認できるくらいだから、それなりにぼろぼろなのだろう。

──と。

「そう、それから、どうしたんだっけ、私」

そこまでは思い出せたのだ。私は──子供時代へ思いを巡らせながら会社帰りの小《こ》径《みち》を歩いている私は。同僚の会話などを呼び水として、そのあたりまではなんとか記憶から引きずり出すことができた。もちろん会話の細かい部分に異同はあろうが、概して違ってもいないだろう。小学六年生の時にお世話をしていた一年生のみちとくんは、その真面目な性格とは打って変わって少々乱雑な文房具などの使い方をしていることが察せられた。

ある時、給食の食べ物を残していることに気がついた私は一種の先輩風を吹かせて、お説教の真似事をして——そこで、景色が途絶しているような気がするのだ。思い出を振り返ろうとしても、どこかで記憶が途切れている感覚。通信エラーのログがキャッシュに残ってしまったせいで、リロードしても動画が再生されないみたいに。

何か、もう少し記憶に肉薄できる要素はないだろうか。会社の人たちの会話で、小学生の頃のディテールに関する記憶が思い出せたように、もう少しのヒントさえあれば、思い出せる気もするのだが。

地下鉄の最寄り駅で降り、改札を出て夜の小径を歩き、うだうだと思考を巡らせる。ああ、もう少しで家に着きそうだ。この道を曲がって一本道の突き当りまで行けば、いつものようにポケットから家の鍵《かぎ》を取り出すのにちょうどいい具合のタイミングになる。思考が纏《まと》まっては雲散するのを繰り返してなんだか頭がいつもより疲れている。面倒だしウーバーで何か頼んでしまおうか、この辺りってしっかりした給食、給食じゃないや、ご飯って何が頼めたんだっけ。そこで夜道を曲がって、一本道の突き当りが見えて。

すうっと伸びた道路の先にみちとくんが立っていた。

「……え？」

そこに立っているのは紛れもなくみちとくんだった。つまり、道斗だか倫人だか知らないが恐らくはそういう名前の男性ではなくて、漢字変換の仕方を私が知らなかったときの「みちとくん」であり、小学校一年生の身形《みなり》をした男の子だった。

これは幻覚か？　酔っているのか？　いやまだ給食、給食じゃないやご飯は食べてない。それに別に幽霊とか蜃気楼《しんきろう》とかそういう身体性のない何かなわけでもなさそうで、肉体をもった子供がただ無表情でこちらを見て佇《たたず》んでいる感じがした。

こちらを、見ている。

みちとくんが私を見ている、見ていて、口を開けて、

「ねえ、おもいだした？」

そう私に問いかけた。何故かそのときは恐怖よりも先ほどまでのもやもやを優先したかった私は、特にその状況自体に対して何かを問うことはしなかった。

「いや、さっきから思い出せないの、肝心なとこだけ。私――わたし、あやおねえちゃん、あの日に何をしてたの？」

「おかたづけ」

みちとくんは答える。

「おかたづけしようって、いったの」

お片付け？

そこで再び、記憶が再生される。会話を起点として。

放課後の教室。誰もいない一階の教室に、私と彼のふたりが残っていた。例のパンを見つけたあとで私は、彼に「お片付け」を提案したのである。筆記用具やお道具箱があの状態で、机の中に給食のパンまで入っている状況であれば、彼一人で片付けるのは困難なくらいに乱雑に、ものが詰まっているのではないだろうかと思って。彼はいつものようにおずおずと私を見上げていて、お片付けをしようという提案に対しては否定も肯定もしなかった。

彼の机、というかその学校の机のレイアウトは基本的にどの学年でも同じで、机の中にはお道具箱を縦方向にふたつ入れられるくらいのスペースがある。基本的には左側にハサミや糊《のり》といった特別な教材を入れ、右側にはその時々に使う教科書やノート類を入れる。箱はぴったりと机の中に収まるわけではなく少しだけスペースが余るので、その場所にはリコーダーや筆箱など、次の授業ですぐに取り出したい文房具などを入れるのが常であった。彼の場合はそこに、食べなかった給食のパンを忍ばせていたというわけだ。

彼のどこか心配そうな顔をよそに、私はお片付けを始めることにした。

お道具箱の右側は授業ごとに使うことが多いから、どんなに道具の扱いが悪い人でも、必然的にある程度片付いているものだ。私の部屋もよく使う場所だけは比較的きれいになっているからよく分かる。つまり力を入れて清掃に臨まないといけないのは、長い間でも放置されやすい左側の箱だということになる。

左側のお道具箱、そのへりに指をかけて、がたがたと一気に引く。

その中は、とてもきれいだった。

「――え」

思わず頓狂《とんきょう》な声を出した。それは別に何も入っていないとか、明らかに新品しかないとかそういうわけではなく、順当に使い込んだものたちが丁寧に整頓《せいとん》されているような中身だったのである。所々――お道具箱の壁部分や、先述のクーピーのケースなどがぼろぼろになっているのに対して、そのぴっちりとした几帳面《きちょうめん》さは若干アンバランスにも思えた。

そのままの勢いで右側のお道具箱も確認する。もう授業が終わったので教科書やノート類は入っておらず、中のプリントの整理用であろう付箋《ふせん》のついたクリアファイルが収納されていた。

そういえば、私はみちとくんの所持している文房具――木製部分がぼこぼこになった鉛筆や引《ひ》っ掻《か》き傷の多い学習帳の表紙など――は見たことがあったが、それらの整頓の仕方は見たことがなかった。こういった使い方をしているのだから整理整頓も少々雑になっているだろうという憶測のもとでお片付けを提案したのだが、その丁寧さには少々驚いた。書類整理の仕方や各道具の揃え方など、寧《むし》ろ当時の私よりも丁寧なのではないかと思う部分も多々あったくらいだ。

いやでも、と思い直す。確か先ほどの授業で、給食のパンを残していたではないか。お道具箱の右側、机と箱の間の少し空いたスペースに無理やりそれを捻じ込んでいて。元々はそれがきっかけだったのだ。せめて、それを一緒に処理するくらいのことはしてあげないと――

私は机の中に腕を差し入れた。授業のときと同じ、金属のひやりとした感触が腕の一方に伝わる。机からは出さずに中を軽く確認していた授業時とは違って、それを勢いよく引き抜いた。

手元には先ほどのパンが摑《つか》まれていて――それにつられて、缶製のペンケースが勢い良く落ちてきた。

「――あ」

みちとくんがたいそう驚いたような表情で声を発した。

授業中のひやりとした金属の感触は、あと机の中をちらと見たときの遮るような暗さの原因は、これだったのか。確かに、机の余ったスペースに筆箱を突っ込むのはよくあることだけど、このままだと――

金属が勢いよく硬い木材に叩《たた》きつけられる、あの大きな音が辺りに響き渡った。同僚の言う通りだ、これ本当にびっくりするんだよね。他人事《ひとごと》のようにそう思い返して、記憶の中の私は我に返ったようにパンを机の上に置き、あたふたと彼に謝りながらしゃがみ込んだ。ばらばらと散らばった鉛筆などを拾い上げて机の上に置きながら、彼のほうを見る。彼は不安げにきょろきょろと辺りを見回していて、どうやら今の音が他のどこかに聞こえてしまったことを心配するような様子だった。

ペンを拾い上げ終わったところで私はふたたび彼に謝って、そういえば、と机を見る。先ほど机に置いたパンの処理を考えないといけないのだった。

透明なビニールに包まれたそれを手に持ち、外から見えない手ごろな袋などはないかと少し考え込む。手のひらに収まるくらいのサイズのそれは、隠すこと自体にはそれほど手間もかからないだろう。一応再び机の中に手を入れて確認してみたが、これ以上隠しているものはないようだし、隠蔽量《いんぺいりょう》としては簡単なほうだ。学校のゴミ箱に捨てるにも普通にやればクラスを挙げた犯人探しに発展する可能性があるし、そこに関してはうまいことやらないと——

あれ。

私は再び、手に持ったパンに視線を遣《や》る。先ほど確認した通り、これ以上机の中に入っている異物は確認できなかったし、何日も経って乾いた触感でもなかったから、これは紛れもなく今日の給食に出たものだったのだろうと思う。それは手のひらに収まるくらいのサイズで、隠すことそれ自体は難しくないなと思えるものだった。

そこで、このパンを発見した時の記憶を思い返す。その時に私が手に取ったこのパンは、てのひらを広げてそれに触れ、それでもなお指先が端に届いてないくらいには原形が残っていた。

――これ、みちとくんが食べたの？　いや、そんなわけはないか。一度隠したものなんだから、給食から帰りの会までの間にそれを取り出すことすらしないだろう。仮にできたとして、それをこの場で食べて消費しようと思える子だったら、そもそもパンを隠したりせずにお昼休みまで残って食べているだろうし。でも。

私は、みちとくんに尋ねた。

「……これ、給食終わってから、食べた？」

「ちがう、たべたんじゃなくて」

彼は答えた。パンを食べていないことを私から指摘されたときのように、何か言いたげな、私の勘違いを正そうとするような瞳《ひとみ》で。

「たべたんじゃなくて、あげたの」

「……あげたって、何に。パンをあげるって言ったって、食べようとするひとなんて」

言いかけて、息を呑《の》んだ。彼の「あげた」という言を呼び水として、再び何かを思い出した、ような気がした。

私が彼と行った神社。その境内に続く階段を下りたところには小さな公園と広場の間みたいな空間があって、そこには鳩にパン屑《くず》を撒《ま》いている人などがいる。パン屑を、もう人が食べないパンを使って、近くの動物に、餌付けをしようとする人が。

また、彼の机の中は、収納物それ自体の見た目はぼろぼろではあるものの、中身の整理の仕方はかなり丁寧だった。物に傷さえ付いていなければ、本当にきれいな所持品のレイアウトになるくらいには。そして、彼の所持品に付いている傷は、どれも他人にいじめを受けているみたいな被害の事実が確認できるものではないが、どこか乱雑で直接的だった。

鉛筆の噛《か》み跡、お道具箱の引っ掻き傷、クーピーに空いた小さな穴。人の悪意は確認できないそれらの傷は、例えば動物が本能のままに噛み、引っ掻き、穴を空けているようにさえ見えるものである。

彼の「あげた」という言葉。

動物に餌付《えづ》けをしたかのように減っている給食のパン。

彼の「さいごはちゃんと、のこさずにたべてて」という弁明。

所持品についた幾つもの噛み跡や引っ掻き傷。

これは、一体――

そこで私は、再びみちとくんのほうを見た。彼は先ほどからずっと、私がペンケースを落としてからずっと、不安げにきょろきょろと辺りを見回していて、どうやら今の音が他のどこかに聞こえてしまったことを心配するような様子だった。金属が勢いよく硬い木材に叩きつけられる、あの大きな音が辺りに響き渡る直前の、あの大層驚いたような表情を思い出す。

「どうしよう、あやおねえちゃん」

彼は私の正面に歩み寄ってきて、私をやや不安げな表情で見上げた。その構図は今も、あれから十数年とたった今も、やけに頭の中に残っている。こびりついている。具体的にその構図で何を言われたのかという記憶は、ずっと思い出せないでいたのだけれど。

「おとがしたから、もうすぐきちゃうとおもう」

もうすぐきちゃう？　音って、あの金属と木材の大きな音のことか。でもあれがしたからと言って先生や友達が駆けつけてくるなんてことはないだろうに。

「――お賽銭《さいせん》っちゅうのを神社さんに納めたことはあるかもせんけども。其《そい》は何も、神さんを金で買っとるんでは無《の》うしてな。ほら、店で小銭を落としたら知らん人も振り返りゆうやろ、ああして神さんを呼ぶための音っちゅうことで」

頭の中で声が響く。それとほぼ同時に、かすかな足音のようなものがとおくから、聞こえた気がした。さながら四つ足のなにかがべたべたべたと、こちらへ向かって疾走してきているような音で。

「この辺りの神社って大体、神木も杉か檜《ひのき》が多かでしょう」

「そうなんですよ。うちの学校もクラスの学習机は杉のを採用していて」

無人の廊下を音を立てて走っているとき特有の、あの遠くでわんわんと響くような足音が近づいてきている。

「机に名前とか彫ったり？」

思わず廊下の辺りから目を逸《そ》らす。机の上、さっきの授業でがたがたと引っ掛かったような筆跡を残していた部分が目に入った。そこには不慣れなかきかたで、何かの文字が刻み込まれているようにも見えた。一年生の非力な握力だから、それほど深い跡ではなくて、これまでは問題化してこなかったのだろうけれど。

足音が近づいてくる。

足音が近づいてくる。

正面のみちとくんは心配そうに私を見上げている。

正面のみちとくんは無表情で私を見据えている。

過去の私は、彼の机に書かれている文字を読もうとしている。
私はそれを必死で拒否しようとする。思い出さないように努めなければならない。
この場から逃げなければならない。
この場から逃げなければならない。

「こっくりさん」

正面のみちとくんは、そんな言葉を発した。
何かの記憶の呼び水にするかのように。
私が逃げることを許さないかのように。

あなたは。
あなたは、いつになったら帰ってくれるの？

第三章　カシル様専用

今だとフリマアプリ、少し前だとネットオークションサイトになるのでしょうか。私もよく利用していましたが、いわゆるネット販売の類《たぐい》ではなく個々人で金銭と物品を授受する、その場所を提供するというタイプのサービスはネットの普及とともに拡大していった気がします。

たまにきな臭い話はあって、例えば悪質な業者が紛れ込んでいて泣き寝入りしてしまったとか、送料や代金振り込みをちょろまかすとか、そういった噂は私の周囲でも発生していました。ただ、そういった争いごととは少し勝手が違いそうな話もごくまれに聞くことがあり、ここで話すのもそのような体験談になります。

具体的にいつごろから始まった文化なのかは分かりませんが、ネット経由でユーザどうしが開設するショップには「専用」という概念があります。これはネット上で疑似的な取り置きを行う機能で、出品している商品のタイトルや添付画像に「○○様専用」といった一文を添えることで、特定のユーザ以外の落札あるいは購入を抑制するのです。そこで名指しされているユーザ以外が商品を注文することはマナー違反とされ、場合によっては取引にさまざまな不都合が生じることになります。

こういった迂遠《うえん》な対応を取っていることからも分かる通り、「専用」は少なくとも公式的に利用促進がなされている制度ではなく、あくまでもユーザ同士で不文律として作り上げられたローカルルールに近いものなのだと思います。本来の用途としては特定の売り手が不特定の買い手を探すという一対多のロールモデルを奨励しているのであって、その両方が既に決まっている一対一の取引が成立してしまうと前提が変わってしまうからでしょう。

この暗黙の了解は、特に時代が下ってからのフリマアプリで広く普及したような気がしますが、似たような構造はそれ以前からもネット上でたまに見かけることもありました。

例えばオンラインゲームで、ダンジョン攻略の副産物として獲得したアイテムを各々が他のプレイヤーに向けて売りに出せる、疑似的なショップの機能がある場合です。ここで取引に使われるのはゲーム内通貨や様々な装備品などですが、ローカルルールの作られ方は非常によく似ていました。出品した特定のアイテムに「○○さん専用」、或《ある》いはスモール s を敬称として使って「○○ s へ」といった一文を追加すると、その人以外は買わないでくれという意思表示になる。ゲームによってはアイテムやモンスターの名前自体に好きな言葉を入れられる仕様もあったので、特定のユーザに向けた何かの文章を入れ込むことで、疑似的に秘密の手紙を送りあう遊びが流行《はや》ることもありました。

そんなわけで、この「専用」というルールは、匿名人物どうしで物や金銭を送りあえる環境ではほぼ自然発生的にできる枠組みなのかもしれません。また、その殆《ほとん》どが既製品の個人間売買であるという性質上、それが大っぴらにできる取引でないことも多々あり、そのためにユーザどうしの自治によって成り立っているものだという色がより濃く出るものだったのでしょう。早い話が、「中で何が起こっているのかは基本的に当事者しか分からない」、そんな取引形態だったのです。

だからこそ、あのような都市伝説に近い噂も、信憑性《しんぴょうせい》をもって流行できたのだと思います。

それは、家庭教師のバイトでたびたび訪問していた男子高校生の話から知った噂です。クリアファイルや何かの空き箱、読みかけの漫画本が散乱した二階の子供部屋で、いつも通り数学プリントの解きなおしを行う前、彼がささやかな雑談として切り出した話です。

「カシル様専用の箱を持っていると恐ろしいことが起きる」。

彼自身も半信半疑というか、困ったことをしでかした家族のエピソードを「しょうがないなあ」と笑い話にするような調子だったのを覚えています。私の時代で換言するならば、下級生がこっくりさんに興じていることを呆《あき》れ混じりに話すのに似ているでしょうか。

「なんか、俺の周りでそういう噂があって。ほらそういうアプリの、専用画面で売られてるやつね。その中でカシル様専用ってのが出ることがたまにあって、それを持ってるとそのうち、なんか怖いことが起きるんだって」

そういう意味のことを彼が、薄く口角を上げながら話す気持ちも、なんとなく分かる気がしました。フリマアプリの専用出品という舞台設定こそ新しくは思えるものの、それ以外の内容は正直なところ、都市伝説としても少々ありきたりです。持っていると不幸が起きるという題材は、私が子供の時にもアクセサリーや絵画、人形など題材を変えて流行していました。だから個人的には、そういう噂はこの時代にも現役なんだという多少の微笑ましさをもって、彼の話を聞いていた気がします。そのため、

「へえ、そんな噂もあるんだ。恐ろしいことが起きるってのは、なに。捨てても捨てても戻ってくるとか、そういうことなのかな」

と、それこそ過去の記憶を懐かしく思い返しながら返答しました。彼も「たぶん、それに似てるんじゃないかな」と言い、いったんはそこで話が終了したのです。ただ、

今の時代の学校の怪談めいた話を、又聞きとはいえ現役の生徒から聞ける機会もそうなかったため、少し気になっていたことも事実で。今日の課題が一段落したところで、一階でがさがさと音を鳴らしていたお母さまが持ってきてくださったお菓子とお茶を啜《すす》りながら、私は再びその話を振ってみることにしました。

「カシル様っていうのは、なに、そういう怖いお化けなのかな。こっくりさんとか、花子さん、みたいな」

この例示がそもそも今の子供に通じるのかという一抹の不安はあったものの、彼はその質問に答えてくれました。

「いや、どちらかというと、普通にそういうアプリ使うときの言い方に近いよ。要は誰々さんって呼びかけるときの使い方で、神様的な意味ではないっぽい。なんでも、誰かがカシル様の家に行ってから、広まった噂らしくて」

「家に、行ってから？」と私が少し驚いて訊《き》き返すと、再び彼はあの笑みを浮かべながら、その箱の出自に関するエピソードを教えてくれました。

カシル、という札があるその家は、その付近を通学路にしている生徒たちの間では定番の語り草でした。人が住んでいる気配はするものの、その家主の姿を見たという人はいません。いっぱいに溜《た》まった郵便物などが定期的になくなっているのを見る限り、確実に誰かが住んではいたのでしょうが。

こういった表現をすると、家の整頓《せいとん》すら行き届いていないようなあばら家を想像されるかもしれませんが、そんな風にぼろぼろで古めかしい建物ではありませんでした。子供たちの知る友人の家などと比較すれば、寧《むし》ろ裕福なほうと言ってもいいくらいだったそうです。もしその家に住んでいる友人がいたら、恐らくそうそう見ない茶菓子が出るであろう、きれいな外装。

また、その良し悪しは別として、カシルの家に住んでいる人たちは何らかの信仰、それもあまり世間では聞かないマイナーな類のものに傾倒していたという話もありました。そんな噂が流布されるようになった主な理由の大半は、その家の外装の幾つかの点に起因しています。

まず、カシルという札は、札ではあっても表札ではありませんでした。住人の名字の入った表札は別にあったのですが、いつからかカシルという名前が手書きされた紙が、表札の下にガムテープで貼り付けられたのだそうです。まるで、その家に家族とは別の何者かが新しく加わったとでもいうように。

勿論《もちろん》、そのような新しい家族がいるという情報は近隣住民の全く知らないものでしたし、カシルなる人物を見たという人も皆無でした。何らかの家庭の事情で、新しく入った家族のことをあまり外に出したくなかったという可能性もありはしますが、だとすればわざわざカシルの名前をそれほど目立つ方法で貼りだす必要はありません。

元々の表札にテープやペンで付け足すだけでいいでしょうし、仮にそれが新しい表札を作るまでの急造のものだったとしたらすぐに貼り替えられるでしょう。しかしその貼り紙は何か月経っても、たまに紙が新しくなりつつもそこにあり続けました。

さらに、その家に定期的に送り届けられ、そして玄関前に溜まっては定期的になくなっている郵便物には、多くの場合でカシルの名前が書かれてあったそうです。郵便受けからあふれ、外に見えてしまっている宛先《あてさき》には、遠目に見ても分かるくらいに大きく、「カシルさま」の名前が書かれていました。

外部には存在の確認できない「新しい家族」を、急造の貼り紙で宣伝している家。その家にはひっきりなしに、「カシルさま」と敬称がついた宛名の郵便物が届いている。恐らくは、これらの要素を近隣住民が既存の文脈――外壁に大きく手作りのポスターを貼っている家とか、「さま」で呼ばれるさまざまな超自然的存在とか――で解釈して、あそこの家は何か知らない信仰に傾倒しているのだという噂が生み出されたのだろうと思います。

そして、ここで特筆すべきは、件《くだん》の郵便物の存在です。こういった話において、こういった謎の郵便物の存在は、それを送っている謎の人物の存在を暗喩《あんゆ》するものだと思うのですが、この話においては少しばかり様相が違いました。少なくとも、当時それらの郵便物を送っている人物が誰であるかは、ある程度特定できていたのです。

「俺の周りの人もさ、何人か送ってたんだよ。その家に」

私が勉強を教えていた男子高校生は、困ったように薄く笑いながらそう言って。

最初、私は何を言っているのか全く分かりませんでした。

近隣の高校生たちが、そういった郵便物を送っていた？　小規模なコミュニティでの悪質な悪戯《いたずら》とか、そういうものなのだろうか。少し前までは、パンフレットや通信販売の物品を他住所に送りつける嫌がらせも流行《りゅうこう》していたが、もしかしたらそんな幼い悪意の結果だったということか。

私のそうした予想は、一部では当たっており、そして一部では外れていました。

それは、一部の子供たちのあいだで広まっていた、いわば「裏技」でした。とあるフリマアプリで「カシルさま専用」という表記とともに適当な段ボール箱などの写真を撮影して投稿すると——あるユーザから必ず落札されるのだと。

先ほども言った通り、そういったプラットフォームにおける「専用」文化とは、ひとつの商品を決まった個人間で売買するために、ユーザ間で自然発生的に生まれるものです。例えば、事前に不特定多数へ向けて出品していたときにひとりのユーザから「〇〇円なら即決で購入する」といったメッセージを貰《もら》い、そこでユーザ間の合意が取れたことで改めて特定ユーザ専用の販売ページを作る、など。

誰との合意が取れているかも、ましてや何を出品しているかも分からないのに、特定の誰か専用の物を出品し、かつ落札されるなどということが起こりうるのでしょうか。

私は、その男子高校生に尋ねました。

「何人か送ってたって——何を送ってたの？　それに、色々危険だと思うし、その、たとえば規約とか」

「それがさ、中身空っぽでもいいって言われてたんだよ。とにかく『カシルさま専用』のページ作って、容《い》れ物にも住所氏名と一緒に『カシルさま専用』って書いて。そしたら必ず落札されんの」

「……え？　いやでも」

「そう、そう思うでしょ？　そんなんやる意味も分かんないし、金払って空箱送りつけられたら幾らでも反撃できるはずなんだよ。出品者評価で最低付けてボロクソに言うとか、頼んでるものが届かなかったって運営に通報するとか」

「うん」

「でも、一切そんなことなかったっていうんだよ。寧ろ、出品者評価のところには『この度は本当にありがとうございました』みたいな、『素晴らしい対応をしてくださいました』的な長文の高評価メッセージが送られてきてたんだって」

割のいいお小遣い稼ぎの手段、として用いられていたカシル様専用の空箱が、持っているると恐ろしいことが起きるものという噂にまで変容を遂げる、決定的な出来事があったということになります。

彼は、再び話を続けました。

「ひとり、『中身を入れた』やつがいたらしいんだよ。みんな空箱とか空っぽの封筒みたいな、とにかく何も入ってないものを送ってたのに。まあ最初はみんな疑ってというか、恐る恐る実践するから、それまでの前例に従って空っぽの容器を送るわけだけど——それで何も起こらないと分かったとして、その前例を自分が壊すのは怖いじゃんか。なんだけど、誰かが一回箱の中に物を入れて送ったの」

「物って——なにを」

「確か、そいつが普段別の取引で使ってるメッセージカードだったっけな。事前に『ありがとう』とかって印刷されてある、ポストカードぐらいの大きさの厚紙。ちょうど別のに買い換えたかったんだけど一枚余ってて、直近で出品するものもないから、それを処分する感じで箱の中に入れたんだって」

「空箱に一枚だけ紙がある、みたいな状況？」

「そうそう。まあお互い気持ちよく取引が成立してるんなら、箱の中にメッセージカードを入れること自体は不自然ではないって思ったのかな。元々の取引がだいぶ不自

然なわけだけど――まあ、フリマアプリの、特に専用取引で中に入れるものとしては
そこまで変じゃないとは思う」

それは、たまに古着をアプリ経由で購入する私にも、何となく覚えがあるものでした。目当ての品が丁寧に梱包《こんぽう》された箱を開けたとき、梱包袋の中などに入っている「購入いただきありがとうございました」といった内容のメッセージカード。少しばかり処理に困りますが、だからといって特別気分を害したり盛り上げたりすることもない、レシートに付いたクーポンのような紙。誰から始めたものなのかは分かりませんが、そういうアプリを利用している人々の間では不文律的に受け入れられている文化です。

彼の言う通り、カードを入れる動機やそれまでの経緯に若干の違和感はあるものの、そもそも「専用」と称して空き箱を買い取りし続けているユーザが相手であれば、今更特筆すべきこともない変化であるようにも感じます。

しかし、そのメッセージカードを入れた生徒の生活にはそれ以降、不可解な変化が起こり始めました。

「箱を届けた翌々日に、それ送ったやつが浮かない顔で登校してきてな。今、あの家から嫌がらせされてるって言うんだって、友達とかに。当然他の人たち――専用の空箱を送ってた友達も驚いて、何があったんだって尋ねて。そしたら」

彼は少し間を溜《た》めるように、あるいは言い淀《よど》むようにちらりとこちらを向いて、そして話を継ぎました。

「真夜中に、玄関の辺りから声がするんだ、って言ったのそいつ。真夜中なのに全然知らない何人かの声が玄関のドアの向こうから聞こえてて、でもそれは他の家族には聞こえてない、あんなに大きいのに。『これはカシル様専用の品ではありません、返品に参りました』って、平板なのに張り上げてるみたいな声でずうっと、性別も年齢も分かんない扉の向こうの人たちが呼びかけ続けてるんだって」

その人が布団で大音量のイヤホンを耳に捻じ込みながら気絶するように眠りにつき、全く疲れの取れていない身体を起こして朝の食卓へ向かうと、ちょうど玄関先から戻ってきた母親が不気味そうな顔を浮かべているところで。

「誰かが送り先でも間違えたのかな」と彼に見せた段ボールの空箱の、「カシル様」という文字を見て、彼は朝食もそこそこに家を出たのだといいます。

母を含む近隣住民も「カシルさま」の家のことは知っていましたから、その出来事がきっかけになって生徒やその家族の間でも注意令が敷かれました。空箱を送らずに静観し情報だけは知っていた他の生徒たちも、あまりに不可解な事態であったためか、首を突っ込んだり教師に告げ口したりすることはなかったそうです。

確かに、それも無理はない判断でしょう。空箱の中に一枚余分な紙を入れるという行動をしただけでそんな現象が起きた（と少なくとも同級生が実際に発言し、演技とは思えないほどに疲弊している）状況なのですから、自分が率先して行動を起こして状況を変えることは誰であってもしたくありません。

それから、一緒になって定期的に空箱を送り、小遣い稼ぎをしていた他の友人たちも、誰ともなくその出品をやめるようになっていきました。中にはフリマアプリそれ自体をアンインストールする人もいたほどで、クラス或《あるい》いは学年の中でも大っぴらにその事件の話をすること自体をタブー視する風潮が作られていったようです。

そして、それでもまだ不可解な事態が終わることはありませんでした。

「戻ってきた箱が捨てられない」

件《くだん》の出来事が起こってから数日ほど経ったころ、明らかに疲弊がより色濃く刻まれている顔を歪《ゆが》ませて、彼は友人たちにそう打ち明けました。

一枚だけメッセージカードが入った「カシルさま専用」の段ボール箱が彼の家に「返品」され、不気味に思った母がそれを処分して、ほどなくして――段ボール箱は再び、家の玄関先に置かれていたのだといいます。中には感謝の言葉が書かれた市販のメッセージカードが一枚だけ入っていたそうで。

ただ段ボール箱を畳んで縛り、収集所に出しただけだったから、資源ごみとして回収されなかったのだろうかと――だとしても再び組み立てられた状態で家のすぐ前に置かれているのはおかしいし、可燃ごみに出したメッセージカードまで入れて丁寧に梱包するわけもないのですが——彼ら家族は最初、そう推測しました。そして、今度は可燃ごみに出しても差し支えないくらい小さく段ボールを破き、他の家庭ごみと合わせて収集所に出して。

数日後には何事もなかったかのように、送った段ボール箱が家に届けられていました。

「そんなことが続いて、流石に精神的にヤバくなってきたんだろうね。今度はお母さんじゃなくてそいつ、つまりアプリで箱を送ってた本人がさ。ごみとして捨てるんじゃなくて、そのフリマに、箱を売りに出したんだって」

「——え？」

「つまり、玄関先に置かれてた段ボール箱の、中身だけ引き抜いて、残った空箱を『カシルさま専用』として商品に出したの。こうすれば『やり直した』ことになる、とでも思ったのかな。そしたらほどなくして箱は匿名のユーザに買い取られたんだけど、案の定また数日たった辺りで空箱が家に戻ってきたんだと」

「…………」

私は、この話を振った当初、箱を持っていると恐ろしいことが起きるという噂に対しての、「恐ろしいことが起きるってのは、捨てても捨てても戻ってくるということか」という自分の質問を思い出していました。あの時は軽い気持ちで例示した、他愛もないベタな怪談話のつもりだったのですが、本当にそんな現象に苦しんでいる事例が存在したのだということに、どこかうすら寒い感覚を覚えていたのです。

「――ここまで来たら、その家族も完全にどうにかなっちゃうって思ったでしょ？　それこそ学校の怪談話みたいに、精神的な負担がピークに達して引っ越してしまったとか、突如全員が失踪《しっそう》したとか」

「……まあだって、そうなっても無理はない状況なわけだし」

「そう。そいつの友達もそう思って、色々相談に乗れることはないかとか、何とかこっちで対処できる方法はないかとか、かなり心配してたらしいんだけど。そうしてるうちにどこかのタイミングで、苦しんでる素振りをぱったり見せなくなったんだって」

曰《いわ》く、その男子は例の事件があってからというもの、言葉少なな生返事くらいしかしなくなっていたそうなのですが、ある日から急に「元に戻り始めた」らしく。

最初は、あまりにもストレスを抱え込んでしまったことによって何かが限界を迎えてしまったとか、あからさまな空元気を発し始めたとか、そういったことだと思ったのですが。それにしては彼やその家族の受け答えが自然で、例えば無理に明るく振舞おうとしている様子が見受けられなかったのだといいます。しかし当然ながら詳しい事情を聞くことはできず、相談を持ち掛けても「いや、もう大丈夫」と当然のように返されるため、友人たちもそれが一種の小康状態に入ったものと信じることしかできなかったのでした。

ただ結局、それを信じようとすることも、ほどなくしてできなくなってしまいました。

彼の家の表札の隅に、白いテープのようなもので「カシルさま」と付け足されているのを見てしまってからは。


それこそ家族の他愛ない話でもするように——彼らは雑談混じりの不穏を、引き攣《つ》った顔の友人たちに報告し続けたといいます。最初は確かにそれを気持ち悪く思って、その箱を棄てようとして、それもできなかったからフリマアプリを用いて箱を出品しようと試みた。しかし、段ボールの空箱はどれだけ手放そうとしても、いつの間にか戻ってきてしまう。

段々とその状態に、愛着のような感情が湧いてきたのだと。まるで、いつの間にか縁側に寝そべっている野良猫について話すような、「困ったなあ」と笑みを浮かべるような調子で、彼は話しました。

特に父母は、かなりその箱に——というよりは、放り出した箱がいつのまにか戻ってくるという現象に、執心していたらしく。自らが売りに出した空箱を、異なるアカウントを用いて「買い戻す」ようにさえなっていたのだそうです。そして、買い戻された箱が再び家の前に置かれるのを見て、例えば甘えん坊の我が子に手を焼くかのように「また戻ってきてしまった」と、嬉《うれ》しそうに呆《あき》れていたと。

「買い戻す、って――いやでも、それぞれのユーザが登録してるのが同じ住所だから、たぶん取引する段階で運営側に弾《はじ》かれるんじゃないの？　無効な取引です、とか言って」

「いや、その段階ではそいつの家族の何人かがカシルさまの家に行ってたから。登録されてる住所は違ったし、別に取引上の問題はなかったみたいだよ」

もう――

もうその段階で私は、不可解なものごとがあまりにも多すぎて、何をどう呑《の》み込めばいいのか分からなくなっていました。元々の家の「カシルさま」という札が、一体どんな経緯で貼られるようになったのか。なぜその家に、不気味だと怯《おび》えていたその家に、友人の家族は突如として行くようになったのか。なぜそのことを、いま目の前にいる彼が知っているのか。いやそもそも、そのことを話している彼は、なぜこの話を始めた当初のまま、微笑を浮かべた喋《しゃべ》り方を崩していないのか。

なぜ彼自身は、それほど理不尽で気持ちの悪いことが起こっているのにも拘《かかわ》らず、例えば困ったことをしでかした家族のエピソードを「しょうがないなあ」と笑い話にするような調子を崩さずに——

あれ。

困ったことをしでかした、家族のエピソードを。

しょうがないと笑い話にするような調子で。

クリアファイルや何かの空き箱、読みかけの漫画本が散乱した二階の子供部屋で。

そういえば、この空き箱って何に使うやつなんだろう。

ふと振り返って、雑然とした部屋を見回す。所々に転がっている小さな段ボール箱はどれも開かれており、そして特に何かが入っている様子もなく、空っぽのままむき出しにした状態で置かれている。

いや、そんなはずはない。お母さまがおやつを持ってきてくださったときだって、何ら変わった様子はなかった。一階でがさがさと音を鳴らしていたお母さまが持ってきてくださったお菓子とお茶を、私たちはこうして今も——

一階でがさがさと音を鳴らしていた？

　ふと耳を澄ます。会話にかき消されてはいたものの、その音は未《ま》だ階下の扉の向こうからかすかに聞こえ続けている。がさがさというその音は、ちょうど段ボール箱を擦《こす》り合わせたり、紙製のテープやカードを使用するときの音に似ているようにも思う。

「どうかした？」

　彼は椅子の上で、いつものように薄く笑いを浮かべて私に話しかけてきた。その声は今までと何ら変わらない雑談をしているような調子で、例えば無理に明るく振舞おうという素振りは見受けられない。

　私は。

「いっこ。雑談というか、質問が、あるんだけど」

「うん。なに？」

　それこそ昔の学校の怪談を例示するように、私の幼少期の経験の話を投げかけました。

「昔、ユーザ同士が道具を交換したりするオンラインゲームをやってたことがあって。そこでは、自分でショップを開設すれば、色んなものを売り買いできたんだよ。ゲームによっては『専用』ってタイトルに書いたものを出品して、アイテムとは別に秘密の手紙を送りあう遊びが流行《はや》ることもあって」

「うん」

「それで、質問なんだけど」

「うん」

「手紙を入れたら返品されたのは、思ってたのと違う『感謝のメッセージ』が入ってたからなのかな」

「いや、もう大丈夫。今はちゃんと『天罰』になってるから」

その返答は彼ではなく、一階にいるお母さまによるもので。

彼は私と目を合わせ、しょうがないと言った風に、恥ずかしげに笑いました。

どうやって帰ろうかな、これ。

第四章　練習問題

筆記試験
問題用紙

（60分）

※合図があるまで開いてはいけません

問1

ここに、ひとつの箱があります。
この箱の体積を求めてください。

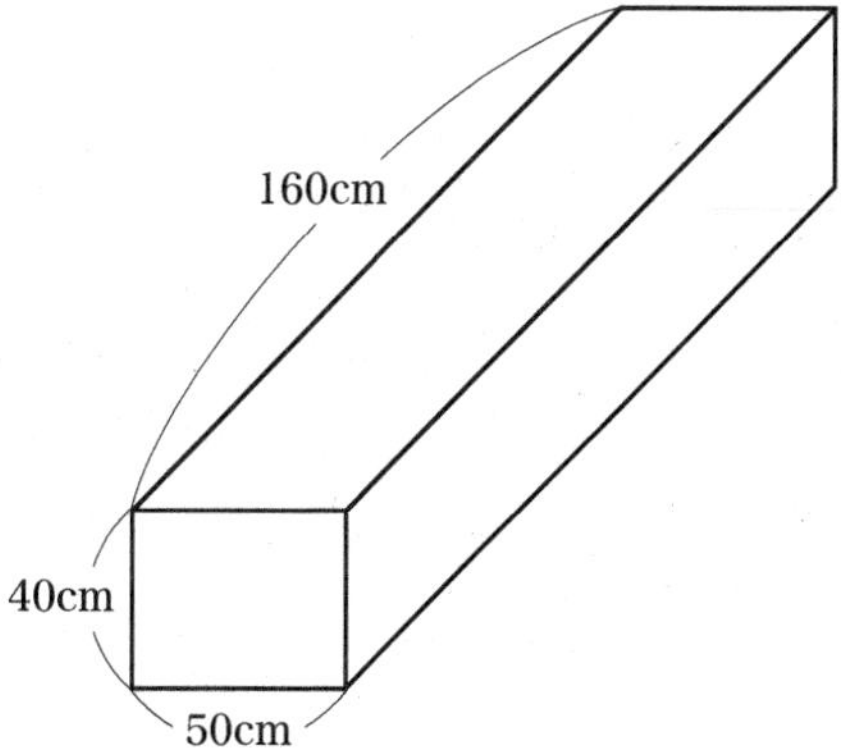

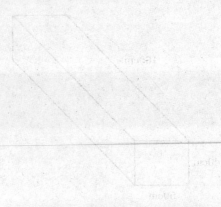

問2

3人が、それぞれ身長を測りました。
身長はそれぞれ、
150cm、175cm、170cmでした。

3人の平均身長は何cmになりますか。

問3

ここに、Aさん、Bさん、Cさんの3人がいます。
このうち2人は正直者で、1人は嘘つきです。

A「Bさんは嘘つきです」

B「Cさんは嘘つきです」

C「Aさんは正直者です」

このとき、嘘つきは誰になりますか。

問4

ゆきちゃんとたかしくんは、
同じ家に住んでいます。
ゆきちゃんは、
8分で1kmの距離を走ることができます。
また、たかしくんは、自転車を使って、
10分で2kmの距離を走ることができます。

このとき、ゆきちゃんとたかしくんの
どちらが速いですか。

問5

ばねに100gの重りをつるしたとき、
ばねは5cm伸びました。また、同じばねを
手で引っ張り、同じように5cm伸ばしました。

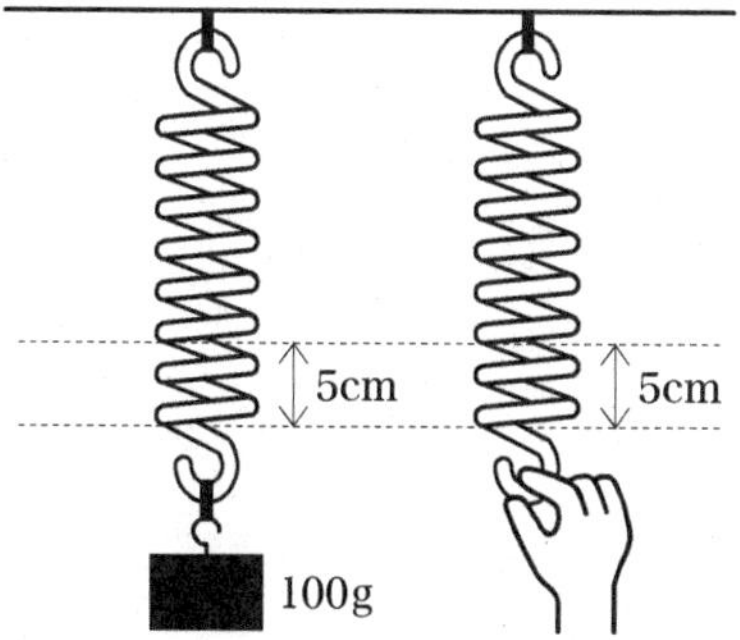

このとき、手がばねを引っ張っている力は
何Nになるでしょうか。ただし、重力や
空気抵抗は無視してもよいものとします。

問6

以下は、コンパスと定規を用いて、
2点BC間に垂直二等分線を引いた様子を
示したものです。

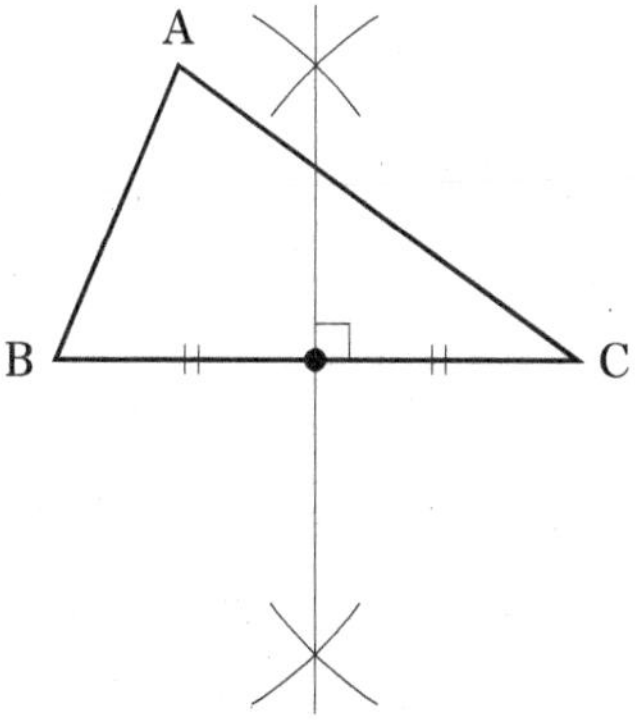

これを参考にして、上図の2点AB間に
垂直二等分線を引いてください。

問7

ここに、何匹かの鶴と亀がいます。
鶴は足が2本、亀は足が4本あります。
また、鶴と亀は合わせて7匹います。

鶴と亀の足が合わせて18本あるとき、
鶴と亀はそれぞれ何匹いますか。

問８

ここに、4本のマッチ棒でできた
ちりとりがあります。
また、ちりとりの中にはごみが入っています。
このマッチ棒を2本動かして、
ちりとりの中からごみを消してください。

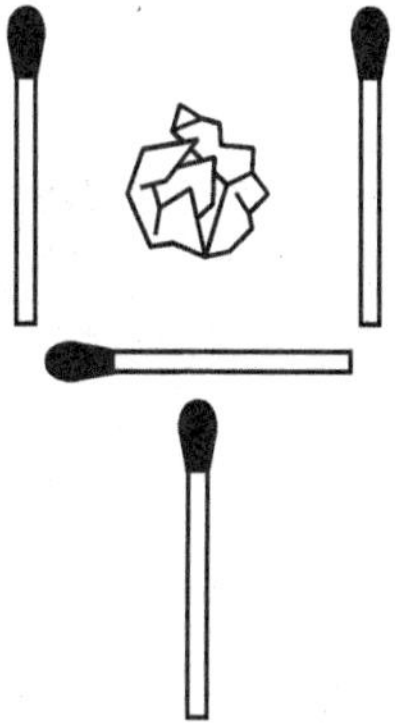

問9

袋の中に、赤色の玉が3個と、
白色の玉が2個あります。
無作為に玉を選んだときに
それぞれの玉が出る確率は、
同様に確からしいものとします。

(1) 白色の玉が出る確率はいくつでしょうか。

(2) 白色の玉が出た後で、
もう一度白色の玉が出る確率は
何分の何でしょうか。

問10

ここに、3つの展開図があります。
このなかで、
ただしく箱になりうるのはどれですか。

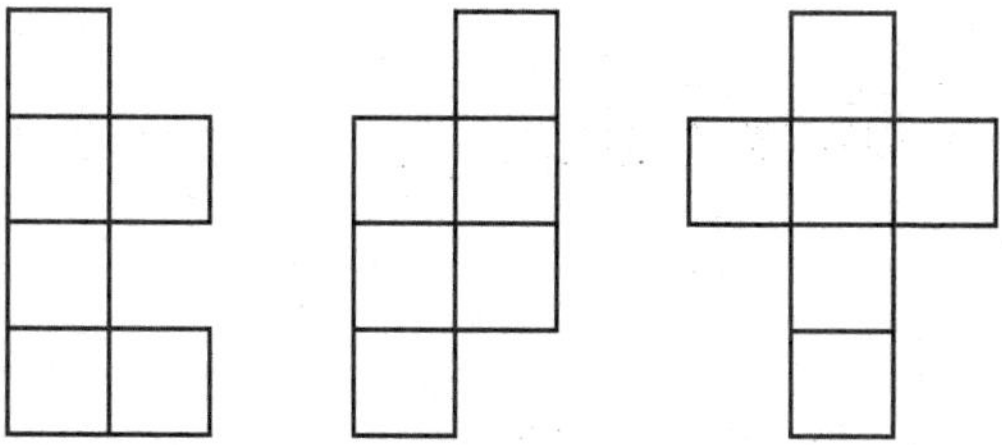

問12

3人が10点満点のテストを受けました。
点数はそれぞれ、6点、0点、8点でした。

(1) 3人の平均点は何点でしょうか。

(2) 0点をとった人を除いた、
2人の平均点は何点になりますか。

問13

ここに、たかしくん、ゆきちゃん、かなちゃんの3人がいます。
このうち2人は正直者で、1人は嘘つきです。

たかしくん「ゆきちゃんは嘘つきです」
ゆきちゃん「かなちゃんは嘘つきです」
かなちゃん「たかしくんは正直者です」

このとき、嘘つきは誰になりますか。

問14

ゆきちゃんとたかしくんは、
同じ家に住んでいます。
ゆきちゃんは、
8分で1kmの距離を走ることができます。
また、たかしくんは、自転車を使って、
10分で2kmの距離を走ることができます。

ある日の3時、
ゆきちゃんは走って家を出ました。
その20分後、忘れ物に気付いたたかしくんは、
自転車でゆきちゃんを追いかけました。
たかしくんは、何時何分に
ゆきちゃんに追いつきましたか。

問15

身長150cmのゆきちゃんをつるしたとき、
ゆきちゃんは5cm伸びました。
また、ゆきちゃんを手で引っ張り、
同じように5cm伸ばしました。

このとき、あなたはゆきちゃんを引っ張る力を
何Nまで出せるでしょうか。
ただし、抵抗は無視してもよいものとします。

問 16

以下は、コンパスや定規などを用いて、
ゆきちゃんに線を引いた様子を
示したものです。

これを参考にして、ゆきちゃんに
針を刺し、×をつけ、線を引いてください。

問 17

ここに、一匹の動物がいます。
こいつは手が2本、足が2本あります。
また、手足を合わせると4本あります。

合わせて2本にしてください。

問18

ここに、1本のマッチ棒があります。
このマッチ棒を動かして、
ごみを消してください。

問 19

袋の中に、手が2本と、足が2本あります。

手足が出る確率はいくつでしょうか。

問 20

ここに、ひとつの箱があります。
ゆきちゃんは、ただしく箱になりえますか。

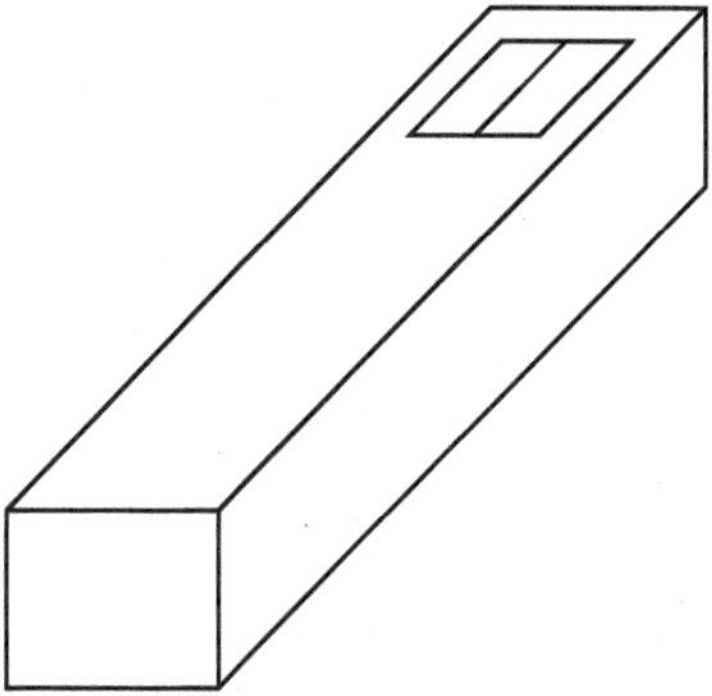

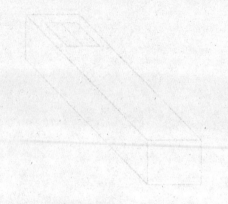

この監禁・殺人および死体遺棄事件に関して、
殺人教唆を行ったとみられる廣田《ひろた》香菜《かな》容疑者（28）と
その実行役の椎葉《しいば》隆司《たかし》容疑者（26）は、いずれも容疑を否認している。
被害者である椎葉《しいば》由紀《ゆき》さんの死体は未《いま》だに一部が見つかっておらず、
警察は引き続き捜査を行っている。

第五章　京都府北部で発見されたタイムカプセル

わかりますか？　私にとってあなたは、想像上の人物だったのです。物語の登場人物としてのあなたをこそ、私は愛していた。

私とあなたの間に生まれ落ちた、この箱と同じように。

馴《な》れ初《そ》めと云《い》えるような馴れ初めは、ふたりの間にはなかったかもしれません。あばら家のように寂れた家の中で、歯を立てられ、水滴のついた皮膚を肉を舐《なめ》られ、きたならしく食い散らかされるしかなかった私の身体に、その日出会ったあなたは何もしなかった。言ってしまえばそれだけだったのです。今となってはただ気紛れを起こしただけのようにも思えるその行動を当時の私は、たとえば慈愛のように受け取った。

何故そんなことをしたのかという私の問いかけは、あなたには聞こえていなかったでしょう。重い身体をどうすることもできないまま、針を刺すような鋭い痛みとともに、口をぱくぱくと動かして茫漠《ぼうばく》と中空を見詰めていた小さな私に、あなたは独白のようにいくつかの話をしたのです。

「たぶん、君は僕よりも長く生きると思うんだ。だから、ここで死んでしまうようなことがあれば勿体《もったい》ない——というか、可哀想な気がして。だから」

だから、助けてみようと思う。

乾燥して焦点の合わない視界の向こうで、あなたがどんな顔をしていたのかは、知る由もありません。だからこそ私は、その向こうのあなたの姿に、さまざまなものを投影していたのでしょう。

土砂降りの通学路で捨て猫を撫《な》でる素行不良の青年。気紛れで子供の命を助けた敵対組織の頭領。奴隷となっていたうつくしい娘を買い、まるで実の子供のように養う寂しげな貴族。どこか御伽噺《おとぎばなし》めいた物語の、想像上の人物であるかのように、小さな私はあなたのことをはしたなく聖化した。

「ねえ。今ここで僕が君のことを助けたらさ、僕より長く生きるかもしれない君は——このことを、ずっと忘れないでいてくれる？」

時が経ち、別人のように——いや、もはや別人として、目一杯のおめかしをして現れた私のことを、あなたはどのように受け止めていたのでしょうか。すぐに涙を流し、あのときのような救いを求める哀れな女か、或《あ》るいは初対面であるにも拘《かか》わらず目を潤ませて擦り寄ってくる獣《けだもの》のような女か。

喩《たと》えるなら、私はひとり小舟で海を漂っていたのでしょう。行先も分からず、舟の進むままに海上をたゆたっていた。漂流し水面に浮かんでいた私というけだものは、その生存欲求のままにあなたの救いを求めた。

だからこそ――けだものだったからこそ、あのときに会ったあなたは私を助けたのかもしれません。動物が嫌いだからといって、鼻先を足に近づけてきた犬を蹴《け》り飛ばす人は少ない。人ではなく、ひとつの動物としての愛玩《あいがん》に似た一過性のなにかを、私はひとときの救いとして求めていたのです。小舟の綱を手繰って引き寄せたあなたの肩にしなだれて、見捨てないでと情けなく泣きながら。

人間ではない私と、人間であるあなた。ふたりの間に子供はできなかったかもしれないけれど、それでもふたりでいる時間さえあればそれでいいと思っていた。私はあなたとの記憶をいつくしむように折り畳み、玉のような子供と同じくらいに愛しました。例えばこの記憶を箱の中に入れてしまえば、それはどんな宝石にも負けない宝物になると信じていた。

あなたの手を引いて、それなりに豪奢《ごうしゃ》な――それを得るための金をどのようにして揃えたかをここで語ることはありませんが――「おうち」へ招いたとき、あなたは大いに喜んでくれたように思います。物語中に出てくる女の子の家は、たくさんのきらきらとした調度品で満たされているものと相場が決まっています。ふかふかのベッドやかわいらしいシャンデリアなどは用意できなかったかもしれませんが、あらゆる人々にとって魅力的に映るには十分な即物性を、私の家と部屋は兼ね備えていました。

　それら種々の煌《きら》びやかな内装やおめかしは、すべて私が望んで用意したお膳立《ぜんだ》てであり、あなたの気を引こうとして私なりに考えたものでした。実際その試みは或《あ》る程度成功しており、焦がれたひとへの接近の結果としては悪くないものだったと思います。


「例えば、木陰で涼んでいるときに偶然隣にいたとか、たまたま同じ飲み物を飲んでいたとか、ただすれ違って服が当たっただけとか——そういうのも誰かと出会うきっかけになるって、聞いたことはないですか。なら」

　あなたの腕を摑《つか》んで、半ば擦《こす》り付けるように、たがいの袖《そで》を腕を肢体をつよくつよく絡めながら私はあなたを見上げました。それこそ、動物が脚に擦り寄るみたいに。

「なら、これだけ近くにいて、袖を振りあうどころか肌を擦り付けているふたりがいたとしたら、そのふたりの縁はどれほど強いものなんでしょうね。夫婦か恋人か、もしくは前世からの深いつながりなのか」

　私はあなたに問いかけました。

「確かめてみましょうか」

　そのときのあなたの表情は、熱に浮かされたようにも、どこか考えを放棄したようにも見える、ひどく曖昧《あいまい》なもので。

「従うよ」

あなたがそう言ったとき、私は確かな歓《よろこ》びとともに、一抹の驚きのようなものを感じていました。その驚きはなんとも形容しがたいのですが、無理やりに言語化するなら「ほんとうに手が届いてしまった」ことに対する絶望にも似た驚愕《きょうがく》でした。

私にとってのあなたとは、動物にとっての人間、あるいは人間にとっての神仏のような存在でした。気紛れにわたしを救いも殺しもしうる上位の存在であり、とうてい手の届くものではなかったのです。それゆえにこそ私は様々に自らを飾り立て、出来る限りあなたに近づこうと最大限のお膳立てをして再びあなたに会ったのですが。

実際、その努力が叶《かな》えられた――叶えられてしまったことで、翻ってあなたが手に届く位置にいたことに気付いたのでした。人間と神様ではなく、人間と人間であったのだという至極当然のことを、まるで初めて知ったみたいな驚きとともに私は受容した。

嘗《かつ》てけだものであった私が様々に取り寄せた、即物的にきらきらした美しさを、あなたも美しいものとして捉《とら》えるのだと。接近しても届かないと思っていたあなたの肌は、存外なほどすぐに私の指を受け入れるのだと。

確かに私はあなたの愛や情を求めていましたが、それが十全に叶えられる状態は、あなたも私のように愛や情を感ずることのできる存在であるという前提のもとに成り立つのだと、そこで漸《よう》く朧《おぼろ》げに悟ったのでした。

私は半ば開き直るような心持ちで、あなたと深いつながりを得ることのできた喜びに浸るために努力しました。もはや比翼の鳥と作《な》っても連理の枝と為《な》ってもいいから、あなたと物理的・生物的に繋《つな》がる手段を盲目的に求めたのです。

比翼の鳥は、雌雄の鳥がひとつずつ目と翼を持っている、単眼片翼の一対の鳥です。それゆえに、一羽――片翼しか持っていない以上、「一羽」という数え上げが正しいのかは分かりませんが――だけでは飛ぶことも生きることも出来ず、つねにぴったりと身体をくっつけて生活することを強いられているのだといいます。

連理の枝は、もとは異なる樹から生えていた二本の枝が、ぴったりと連なり重なることによって癒着し、もはや一本の枝として結合した状態のことを言うのだそうです。これらふたつを合わせて比翼連理と称し、もうこの世にいない妻の偶像へ宛《あ》てて、唐代の皇帝が書き記した託で用いられました。

かの皇帝の寵愛《ちょうあい》を一身に受けたあのひとは、自らが死してなお失《う》せることのない彼の熱情を目にしたとき、何を思ったでしょうか。きっと、彼女が全霊の情愛を以《も》ってこれを受け止めたわけはないでしょう。勝手に愛され、政《まつりごと》を投げ出してまで勝手に狂われ、果てはその張本人から自殺を命じられて生死を分かつことになったのですから。そして、漸く死後の魂として解き放たれたかと思ったら、今度は彼が仙界まで彼女を捜し求めて、生前の未練をひたひたに滲《にじ》ませた手紙を送られてきた。客観的に見れば、考えるまでもなくいい迷惑でしょう。

しかし、私は彼がとったその行動に、若干の同情めいたものを感じてもいたのでした。

あの傾国の美女は、自らがもつ総《すべ》ての力をもって引き寄せ、寵愛した異性だったはずです。様々な下賜《かし》品、装飾品で彼女を飾り立て、他の人間関係のすべてをかなぐり捨て、みずからの良心さえも犠牲にした狂態によって、彼女への愛を示した。つまり彼女への愛を示す狂態こそが彼の自己を保つものであって、それは彼女の愛情の有無にかかわらず彼にとって必要なものだったのです。寧《むし》ろ、かの皇帝にとって彼女は、何処まで関係が近づこうとも永久に「遠い」存在でなければならなかった。

だからこそ、もはや住む世界すら異なってしまった死後の彼女の魂に対して、彼は比翼連理の喩《たと》えを用いた託を送ったのでしょう。もういない相手に対して身体的な繋がりを求める姿を見せるからこそ、あの恋文は真の詩的強度を以って成り立つ。もっと言えば、「死した恋人の姿を今も探し求めている」ことを自らに見せつけることによって、アイデンティティと密接に結びついた自我を保つことができるのです。

そして。

そして、私が求めた上位のひとは、しかし私と同じように生きて、私と同じように装飾品に見惚《みと》れ、私と同じように情欲を求めた。物語の登場人物だと思っていたあなたは、人間として代謝し生活し体液を分泌するいきものだったのでした。私が求めていたのはまさに、そんな人間的な情愛だったはずなのに、私はそのことを驚きとともに受け入れてしまったのです。

開き直るような生活は、それから暫《しばら》く続きました。ひとりでは生きていけない奇形の鳥のように番《つが》い、ひとりで生きていくはずだった奇形の樹木のように枝葉を、肢体を絡めていった。先天的な奇形と後天的な奇形をどちらも兼ね備えた、白痴のような劣情のままに（ああそうか、今にして思えばこの時点であなたとの関係は予期されていたのですね。深く繋げられていたのではなく、ただ強く絡めていただけで。いつかほどけるか千切れるしか後のない関係性で）、ぱちぱちと気泡がはじけるような幻覚とともに、私はあなたの手を引いて、
原色のうつくしさ、を茫漠《ぼうばく》と求めていたのです。

東の戸を開けてみると、そこは春の景色でした。梅や桜のような、垢《あか》のような桃色が乱れながら、糸を引いて春風に揺れていきました、霞《かすみ》がかった視界が離脱しながらたなびいて、遠くでは鳥の聲《こえ》が聞こえて、家じゅうの梢《こずえ》という梢にはしたなく花が咲いているのを私は糜爛《びらん》のようだと思った、南の方を見てみるとそれは夏の景色のようでした、春との境界面には、いくつもの花がまとわりついていた、池の蓮《はす》についた水滴は夏の外気によって人肌の温度にぬるまり、つまりぬるくてらてらとした水滴を帯びていた、汀《みぎわ》に遊ぶ水鳥も空に響く蝉の声も蒸し暑い夕立の湿気も、そのどれもが動植物の繁殖行為を増長させるべく成り立っている夏の報《しら》せであることを私は知っていました、さらに西の戸を開けるとそこは秋の景色だったのです、先ほどまで薄桃色にとどまっていた梢の色調が阿婆擦《あばず》れにずれて一面が一様に高揚し、ませがきの白菊は遊郭の見世のように見目麗しく坐《すわ》っていた、しろく湿った霧が立ち込める奥の奥には、露の水滴をかき分けるようにして寂しげに鳴きつづける鹿の声があったのです、きみもあるいは蟬のように情を求めているのかしらんと、夏の過ぎた季節であることを了解しながら私は同じように北を眺めました、そこには冬の景色があり一面にあったはずの梢が枯れ、例えばすべてが終わったあとの白く濁った倦怠《けんたい》感のように枯葉に降りる初霜や、雪化粧なんて風雅な言葉には似合わない山々（知っていますかゆきってほんとうはきたならしいものなんですよ）雪にうずもれた谷間の出入口、他者をうけいれるためにひらいた穴のような空間に、細い白煙が頼りなくたなびいていたのを見て、事のおわりはいつも貧相な景色だなと、どこか醒《さ》めた気持ちで冬を思ってしまった。

どくりどくりと　時間が収縮しながら　意識は拡散していきました。

そうか、時間の長さはただの尺度でしかなかったのね。

時間をきつく折りたたむような、おおきな重力に似た表面張力にのって、わたしたちの全身の肌がざわざわと、泡のようでいて棘《とげ》のような鳥肌を立てるのを感じる。口が乾き、ぷつぷつと攪拌《かくはん》される。催眠にも似た意識変容は、陳腐な形容をするならば時間を忘れるようなかいらくとともにつづいて、あけてくれて、明けて、暮れて、そのたびに続く即席の快は平熱の温度で自らの心を慰めました。

三年ほどの月日が経ちました。

三秒ほどにも感じたし、三百年ほどにも感じたその時間の末に。

あなたは私に、暇《いとま》を申し出ました。

それが私にとっての、決定的な出来事となった気がします。

「三十日でいい。僕に時間をくれないか」

ほんの少しの時間だ、と自らに言い聞かせて享楽の時間を過ごしてはきたものの、このまま長居してしまっては家族のことなども気になってくる。いちど彼らに会って安心したい、そうすればまた、すぐにこちらへ戻ることも吝《やぶさ》かではないからと。

私は――その言葉によって、今まで心の奥底に隠してきた彼への驚愕《きょうがく》に似た感情を、明確な失望として理解したのです。

私にとってあなたとは、けだものである私の生死を好きにできるくらいに、とことんまで浮世離れした、物語の主人公でなければならなかった。親の心配とか、生物的な快不快とか、それによって生ずる私への感情とか、そういった人間的な生っぽさは、あってもいいけど別にあなたに対して求めるものではなかった。散々そちらからアプローチしておいてこんなことを言うのは烏滸《おこ》がましいとあなたは怒るかもしれないけれど、私だってこれほど順調に事が進んでしまうとは思わなかったから。

多くの童話や昔話において、「結婚」とは物語のゴールではなく、ただの安定状態です。「ふたりは幸せに暮らしました、めでたしめでたし」に繋《つな》げるためにとりあえず用意されるイベントのひとつでしかなく、結婚したふたりのその先は決して描かれません。なぜなら、その先に誰も興味がないから。物語における安定状態に入った登場人物にもはや詩的起伏を生み出しうる余地はなく、物語上こなすべき役割を終えた絞り滓《かす》でしかありません。

同じく、物語の登場人物であったあなたに近づこうとした私のアイデンティティは、あなたに近づくことができた時点でほぼ目的の状態にまで達成されていました。それならば、あとは惰性で残りの生活を消費し、目先の快楽に逃避するしかなかった。

そんな状況下で、当初は私にとって手の届かない存在であったはずのあなたが——それほどまでに卑俗な理由を、私との関係を一時的にでも断つ理由として用いようとしているのが、どうしても許せなかったのです。

勝手だろうと言われても関係ありません。私は人間ではないのだから。

「三年間——否、何百年間も、私はあなたと夜を伴にしてきた。ただほんの少し『あなた』の姿が見えなくなってしまっただけでも、私は煩悶《はんもん》の限りを尽くし、そのたびに自らを落ち着かせようとしてきたんです」

「姿が見えなくなった、って——僕はずっと、ここに」

「いいえ、あなたは確かに、私の元からいなくなった。それも何度も」

そのときもやはりあなたは、ただ私の態度に困惑の表情を浮かべているだけだった。

ただ少し家を空けるだけで何をそんなに怒っているんだ、とでも言いたげな顔で。

「もし今また別れてしまったら、次はいつ逢《あ》えるのでしょう。三十日後？　三十年後？　それともあなたも、『来世で逢おう』『比翼連理に繫がろう』なんて未練を向けてくださるのでしょうか」

「あなたもって、他に誰が」

そして私は彼の言を俟《ま》たず、ひとつの箱を彼の手元に押し付けました。

「生まれ変わったら、また会ってくださいね。それが許されるのなら」

人間ではない私と、人間であるあなた。ふたりの間に子供はできなかったかもしれないけれど、それでもふたりでいる時間さえあればそれでいいと思っていた。私は彼との記憶をいつくしむように折り畳み、玉のような子供と同じくらいに愛しました。例えばこの記憶を箱の中に入れてしまえば、それはどんな宝石にも負けない宝物になると信じていた。

私のてのひらに載ってしまいそうなほどちいさな、彼と私との間にできた子供のような慈しみ深き時間を折り入れた、かわいいかわいい小箱。もう私には必要のないその箱は——そうですね。

玉手箱、とでも名付けてみましょうか。

あの日、私はただのけだものでした。あのまま放っておかれたら、歯を立てられ肉を舐られ、食い散らかされるだけの身体を持った、ただの獣。重い身体をどうすることもできないまま、針を刺すような鋭い痛みとともに、口をぱくぱくと動かしていた小さな私を、あなたは気紛れに見逃してくれた。生殺与奪の権を弄《もてあそ》ぶ、上位の存在としてのあなたがそこにいた。

私はいま目の前で玉手箱を持って呆《ほう》けているあなたにではなく、あの日のあなたに話しかけました。あの日にできなかった会話を求め続ける、ばかな皇帝のように。

「たぶん、君は僕よりも長く生きると思うんだ」

それはそうでしょう。鶴は千年、亀は万年とも申します。

「僕より長く生きるかもしれない君は——このことを、ずっと忘れないでいてくれる？」

ええ、勿論《もちろん》そのつもりでしたよ。その証拠に、こんなにきれいなかたみの箱に、あなたとの日々をとじこめ続けていたのですから。

この箱はきっと、どこかにいるはずの片身を求め続けた、謂《い》わば比翼の鳥そのものなのです。あなたとの記憶を、想像上のあなたへ向けた奇形の愛を、幼い女の子が持つ宝箱のように稚拙に守り続けていた、ふぞろいな直方体。

「あなたへの形見として、この箱をお渡しします。けして、この箱を開けてはなりません」

これがきっと最後の別れとなることを、どこかで私は分かっていました。恐らくあなたはこの「おうち」を出たとき、そこに広がる世界に驚愕することになる。そして親兄弟への慕情をそれらしく悲しんで、自棄《やけ》になってこの箱を開けてしまうのでしょう。あなたの心の動きは手に取るように分かる。分かりたくなかったけれど、あまりにもありきたりに想像できてしまうくらいに、あなたは普通の人間だった。

そうだ。最後くらい、私が愛していたあなたへのラブレターを贈りましょうか。生死を分かったあとになって後悔しないように、いま目の前にいるうちに。会者定離はこの世の習わしなのですから、せめて後腐れがないようにしなければいけません、よね。

日数へて重ねし夜半の旅衣立ち別れつついつかきて見ん

長い月日、夜ごとに衣を重ねてきたあなたは、布を断つように私と別れ、別の衣を着てこの場所を発つこととなりました。また会いに来て、あの日と同じ衣を着てくださる日々は果たして来るのでしょうか。

別れ行く上の空なる唐衣ちぎり深くはまたもきて見ん

暫《しばら》く君と別れてしまうことを思うと、僕もどこか漠とした気持ちになってしまう。深い契りを交わした僕と君との間には深い因縁があるのだから、きっとまた会うことができるだろう、おなじ衣を着た僕と君とで。

そのときにはあなたも戸惑いつつ、ちゃんとお返事を宛ててくれました。そのずっとあとになって、私がいないときにまた別のメッセージを付け足してきたのは、なんというか、あなたらしいなと言う他ありませんでしたが。

かりそめに契りし人のおもかげを忘れもやらぬ身をいかがせん

嘗《かっ》て仮初《かりそめ》の契りを交わした君の面影を、今になっても忘れられない僕は、一体どうしたらよいのだろうか。

あなたは知っているでしょうか。『長恨歌《ちょうごんか》』の最後、嘗《かっ》ての妻に宛てた託は、「此恨綿綿無絶期」――この心残りは綿々と、いつまでも絶えることがないだろう、そんな未練に満ちた独白で終わっているんですよ。

そっくりだとは思いませんか、あなたも私も。

もしあなたがもう箱を開けているのだとしたら、その箱に私がかけたもう一つのささやかな魔法にも、気付いているかもしれませんね。もしかしたらあなたは、気付くという段階すら経ていない可能性もありますが。

あなたが開けた玉手箱は、ここで過ごした数百年分の時間を折り畳んでいます。あなたはそれを開けた瞬間、同衾《どうきん》のあとの倦怠《けんたい》感のように、あの日の快楽以外のすべてを一身に受けることになるのです。数百年分の時間経過。そのまま受けてしまえば、一瞬で老いて、なにかを感じる間もなく死んでしまうでしょう。

ですが、わたしにだって情けはあります。人間だろうとけだものだろうと、生有る物の何《い》れにも、情を知らないということはないのだと、私は何百年もかけて痛いほど知りました。

鶴は千年、亀は万年とも申します。私たちは嘗て、いつまでも深いつながりをもって愛し合う関係性を望みました。もはやそれが叶《かな》えられることはないとしても、その目的に巻き込んでしまったあなたをそのまま死なせてしまうのは忍びない。

あなたはこれから、ささやかな魔法として、一羽の鶴になる。片翼しかもたない奇形ではなく、あなた自身でどこまでも飛んでいける、きれいなきれいな鶴。わたしもこの箱にすべてを詰め込み終わったら、嘗ての姿に戻って、ただの一体のけだものとして再び生きていきましょう。あなたとの記憶のすべてをこの箱に詰め込んで、遠い海に流したら、それですべて終わり。仮令《たとえ》、下世話な誰かが私たちを神や何かに祀《まつ》り上げたとしても、空と海で隔たった私たちが再び直接にまみえることは決してないでしょう。

どこまでも自分勝手で愚かな行為だと、謗《そし》られたっていい。

私たちに人間の道理はもはや通用しないのですから。

わかりますか？　私にとってあなたは、想像上の人物だったのです。

物語の登場人物としてのあなたをこそ、私は愛していた。

私とあなたの間に生まれ落ちた、この箱と同じように。

いま、夜が明けようとしています。

空が白んで、とてもきれいです。

参考文献

市古貞次校注『御伽草子（下）』（岩波文庫）（一九八六年）

1 すべての言葉を見つけてつなげよう！

〈タテ〉

・扉のことを
英語でいったときのことば

・面白おかしい皮肉をいうこと

〈ヨコ〉

・風と雨が吹きすさぶ天気

・本当か嘘かに限らず、
さまざまな噂を流すこと

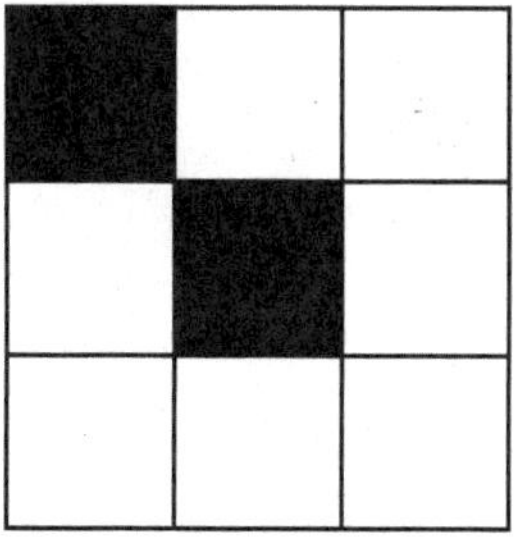

2 **すべての言葉を見つけてつなげよう！**

〈タテ〉
・名は○○を表す
・葬儀で贈る白い花

〈ヨコ〉
・これが止まると死んでしまう
・建築の土台や目印などにする棒

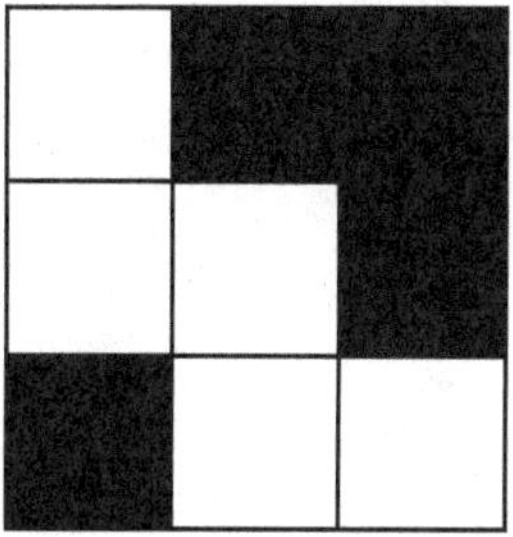

3 すべての言葉を見つけてつなげよう！

〈タテ〉

・六道輪廻《りんね》から外れた魔界のひとつもしくは、赤く長い鼻をもつ妖怪

・予想外に発生した悪い出来事

〈ヨコ〉

・美術品などを一般に広く公開すること

・示し合わせて悪いことを企てる仲間「指導者」「師」という意味

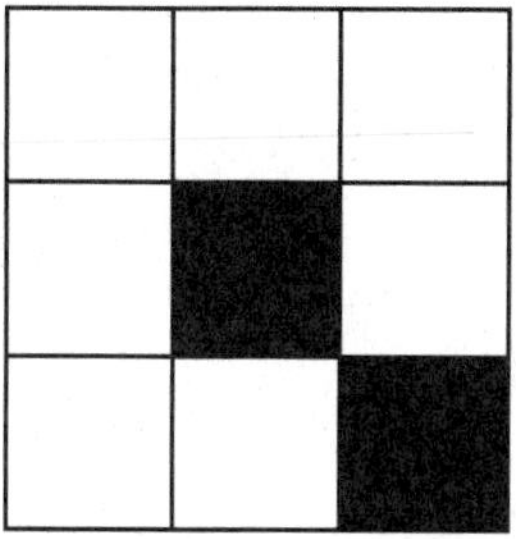

4 すべての言葉を見つけてつなげよう！

〈タテ〉

・二〇一二年生まれは〇年

・花が新たな子を成すための、花の中心にある生殖器官

・色の鮮やかさの尺度

〈ヨコ〉

・台のついた寝具

・その上にあったもの

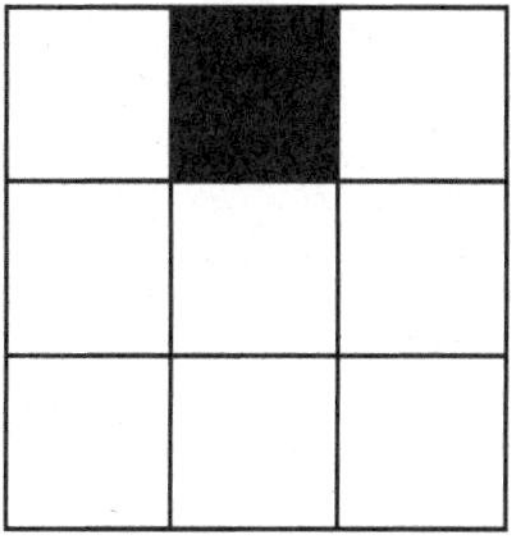

5　すべての言葉を見つけてつなげよう！

〈タテ〉

・子を産まなかった女が落ちるという地獄

〈ヨコ〉

・この世のものではない、という意味の言葉　○怪、○精、面○

・卑しく、身分が低いもの

・身体機能が喪失すること、或いは感覚が鈍ること

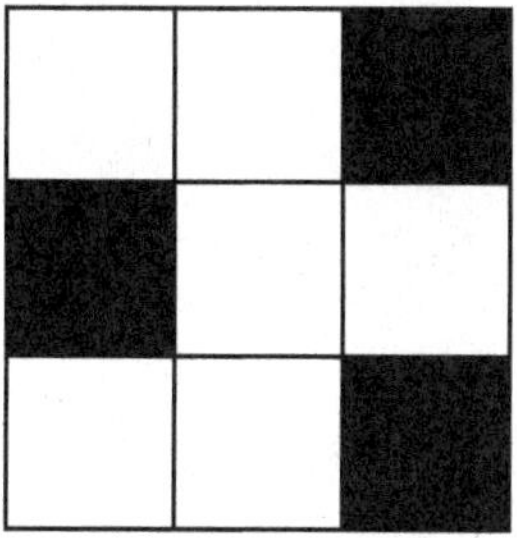

6 すべての言葉を見つけてつなげよう！

〈タテ〉

・ここにぶらさがっていたもの

〈ヨコ〉

・ここに住んでいた夫婦のうち、女性のほうの名前
・この面に相当するもの
・遺骸を不適切な方法で放棄すること
・ものを汚く食べ散らかすこと

こんにちは！
ぼくのなまえは　やまと（山人）。
わたしのなまえは　まひる（眞日）！
いっしょに　もんだいをといて、
かぎを　うめていくよ。
いっしょに　かんがえていこうね。

1 すべての言葉を見つけてつなげよう！

〈タテ〉

・扉のことを英語でいったときのことば

・面白おかしい皮肉をいうこと

〈ヨコ〉

・風と雨が吹きすさぶ天気

・本当か嘘かに限らず、さまざまな噂を流すこと

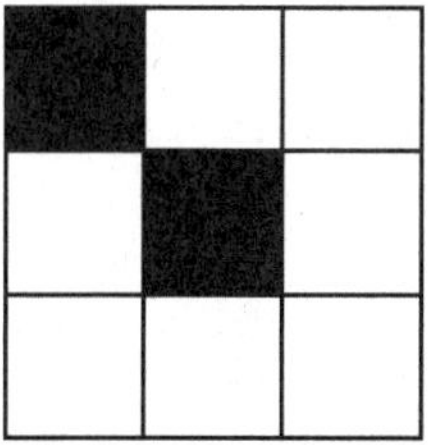

なるほど、しろいマスに　もじをいれていけば　いいんだね！

ここには　よっつのことばがあるから、
これにあう　こたえを　かんがえていけば　いいってことね。

しろいマスをみてみると、
2もじのことばがふたつ、
3もじのことばがふたつ、　はいりそうだ。

ってことは、ここにある　よっつのもんだいの　こたえは、
4もじいじょうには　ならなそうってこと。
なるほど！　それなら　かんたんそうだ。
ようし、がんばるぞう！

・扉のことを英語でいったときのことば

これは、すぐにわかりそうね。

たしかに！
「とびら」をあらわす、3もじよりすくない　えいご。
となると、こたえは「どあ（door）」しかないよね。

〈タテ〉
・扉のことを英語でいったときのことば↓どあ
・面白おかしい皮肉をいうこと

〈ヨコ〉
・風と雨が吹きすさぶ天気
・本当か嘘かに限らず、さまざまな噂を流すこと

よし、このちょうしで　すすんでいこう。

・風と雨が吹きすさぶ天気

ねえ、これもかんたんだよ！
かぜとあめが　びゅうびゅう　ふきつける　てんき、
これのこたえは「あらし（嵐）」じゃない？

たしかに！　それに、みて！
「どあ」と「あらし」、どちらも「あ」というもじが　はいっているわ！
ほんとだ！　しかも、それぞれタテとヨコのことばだ。
ってことは、もう、はんぶんのことばがうまっちゃうよ！

■		
ど	■	
あ	ら	し

つぎは……「面白おかしい皮肉をいうこと」。
これは「タテ」に　はいることばだから、
「ひにく」に　にた　3もじのことばを　さがせば、
すぐに　みつかりそうだ。

あ、わかった！　こたえは「ふうし（風刺）」じゃない？

それだ！
となると、のこりは「本当か嘘かに限らず、さまざまな噂を流すこと」。
2もじだから、ことばさえ　しっていれば、
こんきよく　ひともじずつ　いれていくだけでも　みつかるはずさ。
こたえは「るふ（流布）」だね！

■	る	ふ
ど	■	う
あ	ら	し

よし、このちょうしで どんどん といていきましょう！

2 すべての言葉を見つけてつなげよう！

〈タテ〉

・名は○○を表す

・葬儀で贈る白い花

〈ヨコ〉

・これが止まると死んでしまう

・建築の土台や目印などにする棒

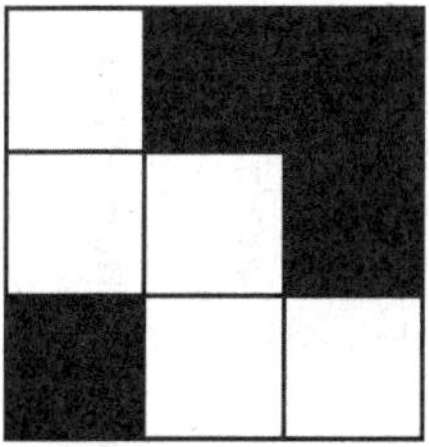

つぎも　ことばは　ぜんぶで　よっつ。

ただし、こんかいは　すべて、　2もじ　みたいね。

ということは、ひとつくらい　わからなくても、
のこりみっつを　うめていけば、
こたえが　わかるんじゃない？

たしかに　そうね！　どれが　むずかしそう？

この、「これが止まると死んでしまう」なんかは、
むずかしそうだよね。
なかなか　かんがえづらいとおもう。

じゃあ、それは　あとまわしにしましょうか。

となると……

〈タテ〉
・名は○○を表す↓たい（体）
・葬儀で贈る白い花↓きく（菊）

〈ヨコ〉

・これが止まると死んでしまう

・建築の土台や目印などにする棒↓くい（杭）

こうなるわけか。

じゃあ、これをあてはめていけば！

わかった！　こたえは「いき（息）」だね！

なるほど、たしかにいわれてみれば、そうだ。

いきがとまったら　しんじゃうよね。

ふつうは　そうよね。わすれていたわ。
わたしたちは　れいがいを　みていたから、
なかなか　おもいつかなかったのね。

3 すべての言葉を見つけてつなげよう！

〈タテ〉

・六道輪廻《りんね》から外れた魔界のひとつ　もしくは、赤く長い鼻をもつ妖怪《ようかい》

・予想外に発生した悪い出来事

〈ヨコ〉

・美術品などを一般に広く公開すること

・示し合わせて悪いことを企てる仲間　「指導者」「師」という意味

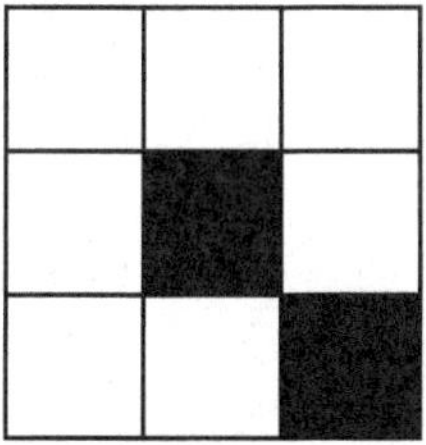

いちもんめと　かたちが　にているね。
ただ、ないようは　こっちのほうが　むずかしそうだ。
たしかに。よくよく　かんがえて　いきましょう。

「六道輪廻から外れた魔界のひとつ　もしくは、赤く長い鼻をもつ妖怪」、
これは　あとのぶんしょうを　かんがえれば、
わかりやすいんじゃない？　これは「てんぐ（天狗）」という　ようかいだよ！

なるほど、そうね！

しかし、まえのぶんしょうみたいな　いみも　あるんだね。

ええ。ひとのふこうを　よろこぶ、

ごうまんなせいかくの　ひとが　おちるとされているわ。

お前みたいだね。

つぎは、「美術品などを一般に広く公開すること」なんて　どうでしょう？

これは、「てんじ（展示）」ということばが　あいそうだ。

「てんじ」と「てんぐ」、

おなじく「て」というもじが　はいっているし！

となると、これを　ヒントにつかえそうね。

「予想外に発生した悪い出来事」は「じ○」、
「示し合わせて悪いことを企てる仲間　「指導者」「師」という意味もある」は「ぐ○」、
ということばになる、とわかるわ。

なるほど、なら、わかりやすくなった。
まず、ひとつめは「じこ（事故）」、
そして、ふたつめは「ぐる（Guru）」だね！

て	ん	じ
ん	■	こ
ぐ	る	■

そう、ふたりは　きょうはんかんけい　であり、
おたがいの　きょうそ　であったってことね。

4 **すべての言葉を見つけてつなげよう！**

〈タテ〉

・二〇一二年生まれは〇年
・花が新たな子を成すための、花の中心にある生殖器官
・色の鮮やかさの尺度

〈ヨコ〉
・台のついた寝具
・その上にあったもの

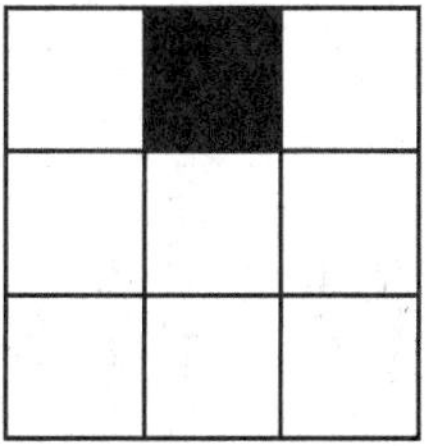

わあ、さらに　ことばのかずが　おおくなった！

かくじつに　わかるところから、こたえていきましょう。
たしかに。たとえば「二〇一二年生まれは〇年」、
これは　けいさんすれば　わかりそうだ。
ええっと……わかった、「たつ（辰）」だね！
「えと」のなかでゆいいつ、そんざいしないどうぶつだ。
だから　たつどしにうまれたこどもには、
ふしぎなちからが　やどるってはなしも　あるそうよ。
たしかに、だからこそ　れいがいに　なれたのかもね。
「こども」のはなしで　おもいだした。
「花が新たな子を成すための、花の中心にある生殖器官」、
これは「おしべ（雄蕊）」だよね。
なるほど、たしかにそうね。
「せいしょく」のはなしで　おもいだした。

「**台のついた寝具**」、これは「べっど（bed）」だとわかるわね。

あとは「**色の鮮やかさの尺度**」、これは「さいど（彩度）」だよね。

あのこが　うまれたとき、せかいが　とても　いろあざやかになったんだ！

それこそ、「せいしょく」の　ステンドグラス　みたいに。

ああ、「せいしょく」っていうのは「せいなる　しょくぎょう」ってことだよ？

ぼくたちは、まさに「せいしょくしゃ」みたいだよね！

なるほど、たしかに「ぐる」だったのかも　しれないわね。

ということは、あなたは　かみのつかいを　てんじ　したのね。

だって、みんなにも　みせないと　もったいない　じゃないか！

それはそうと、「**その上にあったもの**」、このこたえが　わからないんだ。

- **台のついた寝具**
- **その上にあったもの**

がよこに　なってるから、
これはつまり「ベッドの上にあったもの」ってことに　なるんじゃない？
なるほど！　……うーん、それでも、おもいつかないよ。
なら、ひとつくらい　わからなくても、
のこりみっつを　うめていけば、
こたえが　わかるかもしれないわね。

〈タテ〉
・二〇一二年生まれは〇年↓たつ
・花が新たな子を成すためにある生殖器官↓おしべ
・色の鮮やかさの尺度↓さいど
〈ヨコ〉
・台のついた寝具↓べつど
・その上にあったもの

ここまで　わかっているのなら、
あとは「べっど」と　あうように　うめていくだけで　いいとおもうわ。

お	■	さ
し	た	い
べ	つ	ど

なるほど、ベッドのうえにあったのは「したい（死体）」ってわけか！
なるほど、たしかにいわれてみれば、そうだ。
結局、あの家には二個の死体が残ったんだから。
あとは2つよ。
いよいよ　かきょう　に　きているわね。

がんばってといていこう！

5 すべての言葉を見つけてつなげよう！

〈タテ〉

- 子を産まなかった女が落ちるという地獄

〈ヨコ〉

- この世のものではない、という意味の言葉　○怪、○精、面○
- 卑しく、身分が低いもの
- 身体機能が喪失すること、或《ある》いは感覚が鈍ること

ああ、これはかんたんだね！

そうね、これなら　すぐに　とけそうよ。
まず「子を産まなかった女が落ちるという地獄」、
これは「うまず（不生）」ね。
「こを　うまない」だけで　おちるじごくが　あるなんて、しらなかったわ！
誰が考えたんだろうね、こんなの。

いや、きみは　こをうんではいたんだから、
だいじょうぶ　だとおもうよ！
じゃあ、つぎはこれも　かんたんに　こたえられそうだ。

「この世のものではない、という意味の言葉　○怪、○精、面○」
これは「よう（妖）」だよね。
あんな、たべちゃいたいくらいかわいい　あのこが
このよのものじゃない　なんて、
みんなも　ひどいことをいうよね。

つぎは……ああ、これは　わたしが　さきに　といておくわ。
あなたには　とけなさそうだし。
「身体機能が喪失すること、或いは感覚が鈍ること」、これは「まひ（麻痺《まひ》）」ね。

よ	う	■
■	ま	ひ
	ず	■

なるほど！　じゃあさいごは、「卑しく、身分が低いもの」だね。

これも、みんなから　いわれすぎて　おぼえちゃったよ。

これのこたえは「しず（賤）」になるね。

よし、あとはさいごのひとつだ！

ようやく　ここまで　きたわね。

それじゃあ…………あれ？

6 すべての言葉を見つけてつなげよう！

〈タテ〉

- ここにぶらさがっていたもの

〈ヨコ〉

- ここに住んでいた夫婦のうち、女性のほうの名前
- この面に相当するもの
- 遺骸《いがい》を不適切な方法で放棄すること
- ものを汚く食べ散らかすこと

ねえ、いままであった「マス」がないよ？
これじゃあ、もじをいれることができないじゃないか！
ほんとうだ、なんででしょうね……

「すべての言葉を見つけてつなげよう」って　かいているのに、
その「ことば」を　みつけるばしょ　すら　ないなんて……
いや、「すべてのことば」？………そうだ！

なに？

これは、もしかしたら「みつけるばしょ」が、
すでにある、ということなんじゃない？

と、いうと？

たとえば、ここにあるもののなかで　ときやすいもの………
「ものを汚く食べ散らかすこと」、どういうことばが　かんがえられる？
ええっと、「くいちらし（食い散らし）」、「くいあらし（食い荒らし）」、
「けんたん（健啖）」……いや、これはちがうわね。

それだ！

え？「けんたん」？　いみが　ちがうわよ。

いや、そのひとつまえ、「くいあらし」だよ！

でも、これまでのことばは　すべて　3もじいないで……

つまり、「すべての言葉を見つけてつなげよう」なんだから、ことばをみつけて、つなげさえすれば、せいかいになるんだよ！

どういうこと？

ほら、こんなふうに！

た	■	■	■	る	ふ
い	き	■	ど	■	う
■	く	い	あ	ら	し

「くい」、「あらし」……「くいあらし（食い荒らし）」？

ああ、なるほど！

そう、これまでのものを　つなげれば、
こたえは　でるってことじゃないか？

そうときまれば、さっそく　かんがえていきましょう！

〈タテ〉

・ここにぶらさがっていたもの

〈ヨコ〉

・ここに住んでいた夫婦のうち、女性のほうの名前
・この面に相当するもの
・遺骸を不適切な方法で放棄すること
・ものを汚く食べ散らかすこと→くいあらし

「遺骸を不適切な方法で放棄すること」、これもいけそうね。

お	■	さ	た	■	■
し	た	い	い	き	■
べ	つ	ど	■	く	い

「したい」と「いき」で、
「したいいき（死体遺棄）」という　ことばが　できるわ！

いいね！
でも、

〈タテ〉
・ここにぶらさがっていたもの

〈ヨコ〉
・ここに住んでいた夫婦のうち、女性のほうの名前
・この面に相当するもの
・遺骸を不適切な方法で放棄すること↓したいいき
・ものを汚く食べ散らかすこと↓くいあらし

あとが　よく　わからないよ……
「ここ」とか「この面」とかって、なんのことを　いうんだろう？
これは、さっき　にたような　もんだいが　あったはずよ。

・台のついた寝具↓べっど
・その上にあったもの↓したい

つまり、べっどのうえにしたいがある、
「このいえ」にあるものを　こたえれば　いいとおもうの。

そうか！　ということは……
・ここに住んでいた夫婦のうち、女性のほうの名前

これは「まひる（眞日）」になるね。

ええ。
これを　つなげれば………あれ。

あれ。

これ、「ヨコ」になるのよね?

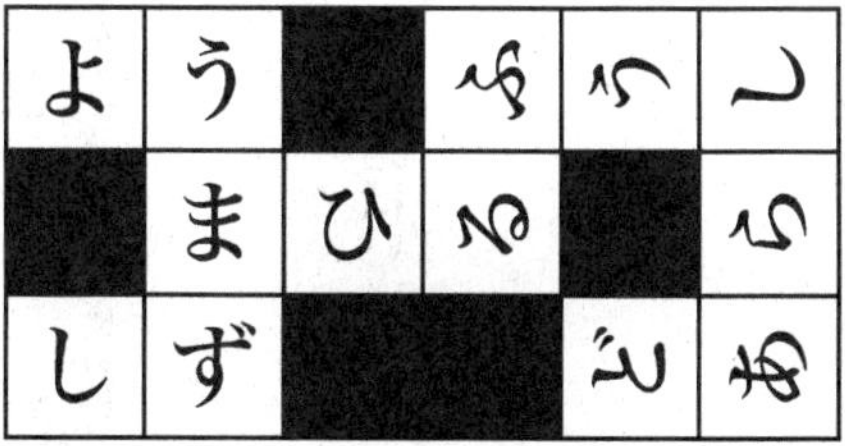

むきが　おかしく　なりそうなんだけれど……あ！

どうしたの？

わすれてた。ことばを　つなげて、

「このいえ」に　あるものを　こたえればいいの。

うん。

だから、「はこ」に　してしまえばいいの！

なるほど！

みて、ここに「ここにぶらさがっていたもの」のこたえができているよ。

しかも、ちゃんと　たてになってる。

ほんとだ！　ちゃんと、
ふたつめの「したい」のばしょにも　たいおうしているわね。
となると、あとの「この面に相当するもの」は　かんたんだよ。

ここに「べっど」、

ここに「どあ」がある。

つまり、ここは「てんじょう（天井）」になるんだね！

すごい！　すべてのことばを　つなげれば、
ひとつの「はこ」、つまりは「いえ」が　できるってことね。

そう。

つまり「すべてのことばをみつけたあと、カギをうめたらおわり」っていうのは…

…

なるほど、このいえのかぎのことだったんだ！

それぞれのことばは「タテ」「ヨコ」とだけいっていて、

「タテのカギ」「ヨコのカギ」とはいっていなかったから。

そうね。わたしたちは「したい」になるまえ、

いっしょにかぎをうめにいったもの。

そうだね、もう誰も入ってこれないように。

いや、あれらを　そとに　ださないように、ね。

だって、もうだれも、ひとじゃないんだもの。

「名は体を表す」とは　よくいった　ものね。

もう　ここには。

「天狗《てんぐ》」か「賤《しず》」か「山人」しか　いないんだから。

――柳田國男《やなぎたくにお》『遠野物語』六「山男」の項より引用
青笹《あおざさ》村大字糠前《ぬかまえ》の長者の娘、ふと物に取り隠されて年久しくなりしに、同じ村の何某《なにがし》という猟師、或日山に入りて一人の女に遭う。怖ろしくなりてこれを撃たんとせしに、何おじではないか、ぶつなという。驚きてよく見れば彼かの長者がまな娘なり。何故にこんな処《ところ》にはおるぞと問えば、或《あ》る物に取られて今はその妻となれり。子もあまた生みたれど、すべて夫が食い尽して一人此《こ》のごとくあり。おのれはこの地に一生涯を送ることとなるべし。
――

なお南方熊楠《みなかたくまぐす》は、「山人」は何らかの事情で止むを得ず山に住み、世間と隔絶して暮らす人間の男（または女）のことではないかと述べている

第七章

虹色の水疱瘡、或いは廃墟で痙攣する
ケロイドが見た夢の中の風景

「オルゴールになった叔父《おじ》の死体は、あまい花の香りがしました。

叔父の死体を舌で潰《つぶ》しながら、僕はあまいシラップに漬けたみたいなその香りを卑しくも愉《たの》しんでしまったことを、まずはあなたにも謝らなければなりません。

濫觴《はじまり》は、僕が幼少期に体験した、なんとなく恐ろしい出来事でした。

その当時、慥《たし》か七歳か八歳くらいだった僕は、白と黒がいっぱいの面白くない部屋を大人たちがぶつぶつ言いながら彷徨《ほうこう》する、退屈な集会に出席させられていました。まだ葬儀と云《い》う言葉を知らない僕の眼前にあったのは、頑張れば僕がふたり入るくらいの大きさの箱で、中にはくすんだ薄紅色の大人が入っていました。たぶん彼の大きさだったら二人も入らなかったから、それは彼のために用意された柩《ひつぎ》だったのでしょう。

親から、それは僕の叔父にあたる人の死体であると教えられました。ただ、まだ白い布を被《かぶ》せられていない彼の顔は、叔父という言葉から連想されるそれよりも数段若いように感ぜられました。子供にも分かりやすく伝えるために敢《あ》えて叔父という言葉を使っただけで、厳密にはもっと入り組んだ間柄の親戚《しんせき》だったのかもしれないと、今となっては思います。

眼窩《がんか》や顎《あご》がやや落《お》ち窪《くぼ》んだ彼の死に顔を見ても想起される記憶は特になく、だから周りの大人のような鬱々《うつうつ》とした表情になることも、僕にはできませんでした。

ただ、何かが隔絶されたような虚無感が去来するだけで。

白と黒がいっぱいの部屋、
元の色が分からないほどに日焼けした薄茶色の藺草《いぐさ》、
病院の床みたいにわざとらしい清潔感を感じさせる白色の柩、
その柩にぴったりと押し込められながら退色した肉体を晒《さら》している叔父、
どれを見ても僕の情動の——そのどれもが刺戟《しげき》されず。
僕は慣れない正座をしながら、ただ彩度のない虚《むな》しさを覚えていたのでした。
そもそも幼い僕は彼の死もよく理解できておらず、ただ『この人は面白くない空間の中央で、面白くない格好をしている』という不謹慎な受容をしていました。彼は動いたり笑ったり喋《しゃべ》ったりする様子もなく、よって幼い僕の心に喚起されるものが乏しかったのでしょう。

それは喩《たと》えるなら、ごく単純で稚《いとけな》い連想です。

クレヨンは面白いが、鉛筆は面白くない。

花は面白いが、枯葉は面白くない。

色彩豊かなものは面白いが、乏しいものは面白くない。

部屋の壁を覆う白黒の幕や、藺草に柩、或《ある》いは死体の肌のように。少なくとも僕の地元では、壮年の男性の死化粧はあからさまに血色を良くはしないようです。染みや肌の荒れなどはないものの生気も失われており、卵の殻のように白くつるんとしていて、そのなめらかさが却《かえ》って死体としての虚《むな》しさを引き立てました。葬儀の前後を含めて、僕の両親は明らかに意識的に、淡々と振舞っていたのが印象に残っています。まだ若い彼の死を哀れんでか彼の死体もあまり見ようとはせず、焼香や遺族との挨拶《あいさつ》も機械的に終わらせていました。葬儀が終わって簡単な精進料理を食べているときも、彼の思い出話をすることもあまりないままで。今思い返すと、彼は僕の叔父にあたる人なんだという雑な説明以外には、彼に関する両親の言及はなかったように思います。

可哀想に。　があんなに可愛がっていたあの子は、まだ　が死んだことをわかってないんだろう。何かのタイミングで、両親ではない親戚筋の誰かがそんな意味のことを言いました。

その憐憫《れんびん》は明らかに僕に向けられていたのですが、僕に思い当たる節はありませんでした。例えば正月の宴席で祖父母が繰り返し話すような、まだ僕が赤子だったころの出来事なのだろうと、それほど深くは考えていなかったのですが。

そして、葬儀や会食など諸々の作業が終わるころには、夕方の四時半くらいになっていたと思います。つまらない時間も終わり、漸《ようや》く帰ることができると密《ひそ》かに息をついた僕は、しかし大人たちの予想外の会話を聞くことになりました。

どうやら、僕は一日だけこの家に宿泊する方向で話が進んでいるようなのです。両親はその家の人たちの提案に対して作業のように相槌《あいづち》を打っており、どんなに目配せをしても淡々とした顔で頷《うなず》くだけでした。

馬鹿みたいにしんみりとした顔で、彼もあんなに可愛がっていたんだからと話をする親戚のおばさんも。焼香のときみたいに機械的な返答をする両親も。僕のささやかな抵抗を認識すらしていないような顔で、勝手な話を進めていたのでした。

いや、その家に泊まること自体が厭《いや》なわけではなかったのです。叔父がいた記憶はあまりないものの、そこに宿泊した経験は何度かありましたし、優しく歓待してくれるおばさんのことは僕も好きだったから。例えばこれが正月の宴席の出来事であれば僕は一も二もなく了承していたはずで、だからこそ大人たちもそういう話をしていたのでしょうが。

でも、こんなにも面白くなく、重苦しい場所で、僕は何をすればいいと云うのでしょうか。少なくとも当時の僕にとってその場所は、死と喪失と退屈が水垢《みずあか》のようにこびりついた灰色の場所であり、そこで享受できる娯楽性など皆無に等しかったのです。正月や盆の時季に訪れる此処《ここ》と、今僕が脚を痺《しび》れさせながら座っているこの空間が同一であるなんて、僕にとっては非現実的な妄想だったから。

結局、僕の申し立てはほとんど聞き入れられませんでした。周囲の大人たちのじゅくじゅくとした雰囲気に、僕の方が半ば気圧《けお》されてしまったという面もありますが、僕はそこに取り残されることとなって。

せめて両親にはぎりぎりまで一緒にいてほしかったので、晩御飯までは一緒にいようと言ってみたのですが、二人は家の人に申し訳ないからとぶつぶつ理由を付けて、夕陽が落ちるころには帰って行ってしまいました。家の人に申し訳ないと思うのならばそもそも僕が宿泊するという提案にも応じなくていいだろうと子供心に思いましたが、僕が正面切ってそんな反論をすることもできませんでした。

若い身空で亡くなってしまった彼を弔ったばかりの、どんよりとした雰囲気の中で、自らの発言権が限りなく透明化されていて。平たく言えば、拒否するにはあまりにも気まずかったのです。

その夜、僕はその親戚の家の中、ひとりで晩御飯を食べました。実際には僕を含めて六、七名くらいの大人が食卓を囲んでいましたが、そんなことは関係ありません。ほぼひとりみたいなものです。

その家の宴席でよく口にした、オードブルにも似た色とりどりのご馳走《ちそう》、例えばお寿司《すし》や赤いウインナーといったものはなかったので、僕たちは昼の精進料理の残りに味噌汁《みそしる》がついたものを食べました。葬儀が終わってからしばらくは肉や魚を食べてはいけないからどうとか言っていましたが、そんな理屈で納得できるほどの分別などありません。僕はささやかな反抗をするようにひたすら無言を貫きながら、ほとんど味のしないそれらをもそもそと口に運ぶのです。

昼の三時ごろに個々の膳《ぜん》に載って運ばれたそれらは、晩御飯のときには各人の食べ残しとして、すべて一緒くたになって大皿に盛られていて。彩りやバラエティ性など微塵《みじん》もなく、茶色や深緑色の何かが、嘔吐《おうと》物のような無秩序さでごちゃごちゃと積まれています。親戚のおじさんやおばさんはそれらを唾《つば》のついた箸《はし》でめいめいに取り、僕が知るはずもない時代の思い出話に興じていました。

全く、楽しくない。

いまの状況も、色彩に乏しいこの風景も、何もかも。

僕は早くその席から逃れたくて、そもそも昼食をとったのが葬儀の終わった午後三時ごろだったから空腹感すらそれほどなくて、僕は慣れない葬儀に疲れて微睡《まどろ》んでいる子供を演じ、早々に床に就くことにしました。

夜の八時か九時ごろだったでしょうか。来客に宛《あて》がわれる、テレビや本棚もない寝室で、僕は不満と退屈の表情を隠さずに横になっていました。大人たちの話し声は遠くからかすかに聞こえますが、特に気になるほどではありません。同様に僕の声や動きが大人たちのもとに届くこともないでしょう。

硬い枕と布団に挟まれながら、僕は大きなため息をつきました。息を吐くというよりは、ほとんど投げやりに声を出すぐらいの声量で。

非日常的な泊まりの日というものは、得てして何らかの理由を付けて出来る限り起きていようとするものだと思うのですが。僕はそのとき、露骨なくらいに固く目を閉じて、出来る限り早く眠ろうとしていました。

一度起きて、朝になってしまえばこちらのものだと思ったのです。起きていたところで面白いことが起きないのは明白なので、僕は出来る限り早く意識を飛ばして、この一日をスキップしようとする方向の努力に意識を割いていました。

正直、全く眠いとは思っていなかったし、まったく充足感を伴わない満腹感が少なからぬストレスを与えていたのですが、それら全てを意識の外へ追いやることに注力して。

意外とすんなり意識が落ちる、こともなく、順当に何やかやと意識を巡らせながらごろごろと寝返りを打つ時間が体感で九十分ほど続いて。漸く自分の意識がとろとろと飛びかけて、眠れそうになっていると気付いたことで逆に眠りから遠退《とおの》き、さらに重ねて三十分ほど意識との格闘をしているうちに。

僕は再び目を覚ましました。気付かないうちに少し眠ることができていたようで、耳を澄ましても大人たちの会話は聞こえなくなっていました。ただしもう外が朝の光に満ちてくれているわけでもなく、どうやら僕は親戚の人たちが寝静まった深夜のうちに一度覚醒《かくせい》してしまったようなのです。辺りは依然として昏《くら》いことを知り、夜の寝室で少し気を落とし、かけたところで。

今いる場所が寝室ではないことに気付きました。
そこは、今日の昼ごろまで柩が安置されていた、あの仏間だったのです。

僕に圧《お》し掛かっていた重い布団も、後頭部に大きな反発を伝える硬い枕もなく、僕はまるで夢遊病にでもかかっていたかのように、その場所に移動していて。

僕はひどく困惑しました。自分が全く覚えのない場所まで移動している、ことも一因でしたが。

僕の目の前にはあの柩《ひつぎ》があったのです。

既に遺体ごと火葬され、灰になったはずの白い木箱が。

それは僕がふたりほど入るくらいの大きさで、中には骨になったはずの叔父《おじ》が、肉をもった死体としてぴったりと寝かされていました。その姿は今日の昼に見たそれとほぼ同じもので。

ひとつだけ違いを挙げるとすれば。

色素の薄い化粧を施され、つるりと白くなったその肌に、ごく小さな水疱《すいほう》のようなものがあったことでしょうか。

それは水ぶくれのように透明感のあるうすもいろの液体を内包しており、どこからか入ってきた月明かりに照らされてか、淡く赤い光を幽《かす》かに透き通らせていました。そのようなものが、既に死に化粧を施された死体にあるはずはないと思います。面皰《にきび》や染みなどは化粧の過程で真っ先に消されるものであり、これほど目立った桃色の水疱を葬儀の業者が見逃すとは考え難《にく》いからです。

柩に寝かされた男性の死体にはあるはずもない、ひとつぶの水疱。

月明かりが桃色に透き通る、ごく小さな液体の半球。

それを見たときに僕は。

何故かそれを、とても美しいと思ったのです。

水疱とか面皰とか、そういったものは例外なく人間の汚らしい組織液や体液をとじこめているもので、今目の前にあるそれは死体の体液であって、それも存在しない死体の体液であって、そんなものを美しいと思える感性など僕にはあるはずもないのに。それは僕にとって、非常に美しくうったえかけてくるものだったのです。その理由は分かりませんでした。分からなくてもいいとすら思ったほどです。

考えるより先に、身体が動いていました。

まだ幼い僕の、白く細いゆびさきで、彼の冷たいつめたい頬に、手を伸ばして。

つ、と人差し指の爪が、その水疱にふれたとき。

ぱち。

わずかな音がして、その桃色は静謐《せいひつ》に弾《はじ》けました。それは喩《たと》えるなら、卵の黄身に箸を入れるみたいな、仄《ほの》かな絶望を伴った破壊でした。ひやりとした桃色の液体が苦しそうにしまわれているうすい膜を、僕のゆびさきの爪が破いて、その桃色が彼の頬や鼻先にかかったとき——僕は今取り返しのつかないことをしているんだという、胸の奥がじんわりとあたたかくなる絶望を感じていたのです。それはどんな死をはじめとするどんな喪失よりも、くっきりとした説得力がありました。

彼の頬にあった水疱を、ぱちんとはじいてしまったことに、昂揚《こうよう》感にも似た若干の焦燥を感じながら。

僕はそこで、自分の人差し指にすこしだけ、彼の液体がついてしまったことに気付きました。あれだけ淡い色彩だったのですから、指についてしまっては元の色など判別できるはずもなく、ただ指先が少しだけ湿る感覚だけがあって。

と、僅《わず》かばかりの逡巡《しゅんじゅん》のあとで、僕はそれを舌先で舐《な》めとりました。そんな汚らしいこと、普段ならできるはずもないのに、なぜか当時の僕はそうするのが自然なことなのだと思っていたのです。

その瞬間、
花の匂いにも似たわずかな香気や舌触りから、ほんの僅かですが『何か』が伝わってきた気がしました。それは昨日見た夢の内容を唐突に思い出しそうになるような淡いフラッシュバックで、何となくですが今僕の目の前にいる彼に纏《まつ》わる何らかの記憶なのだろうと直感しました。彼の頬にできた水疱を舐めとったことによるフラッシュバックなのだから、その直感は或《あ》る種当然ではあるのですが。
これは一体どういうことなのだろうと思って、彼の死体のほうへ向き直ると。

そこにある彼の顔は明らかに変貌《へんぼう》していました。

鼻先から左頬にかけて、先ほどよりもやや大きな水疱ができていたのです。

幾つかの疾病における水疱がそうであるように、薄皮をやぶいて中に溜《た》まった水がかかってしまったことにより、その箇所に新しい水ぶくれができたのでしょうか。でも、だとしたら僕の指や舌に何らかの異常が顕《あらわ》れてもおかしくないはずで――というよりも、すでに死んでいる人間の身体にできた水ぶくれがそんな短時間で成長するわけもありません。

特に鼻先にあるものはひときわ大きく、大豆くらいの大きさの檸檬《レモン》色の半球が、青白い鼻のうえできらきらと膨れていました。頬にあるものはやや小さいものの、その数が明らかに多くなっており、ぷつぷつぷつと文字通りの水玉模様をかたちづくっています。その色は黄緑色、水色、薄紫色と様々で、例えば駄菓子の金平糖のように、人体組織には有り得ないほど淡く鮮やかな光をたたえていました。

あんなにたくさんの体液をぎちぎちと溜め込んで、くるしそう。

特に、鼻先にぽつりとおさまっている、あの鮮やかな黄色の水。たぷたぷと溜まった体液の内圧で、水ぶくれの皮膚は今にもほどけてしまいそうなほど、薄く薄くひきのばされている。

僕は、今度は人差し指と親指を柩の中に伸ばして、例えば恋人の鼻先を戯れに軽くつまむように、軽く力を入れました。ぷつん、とやや大きな音とともに黄色の液体がはじけ、ぴたぴたと右頬や鼻の付け根の辺りまで飛んでいきました。

液体が飛び散ったところの皮膚からは、まるで植物が土から芽を出すように、水中から泡が浮かび上がるように、新たな水ぶくれがみるみるうちに顔を出しました。その色はどれも綺麗《きれい》で、ひとつとして全く同じ色はありませんでした。中に入った鮮やかな液体がひらひらと光に照らされ、ビー玉——いや、ひとつひとつをちいさな宝石と見紛《みまが》うほどの、清らかな色彩を帯びています。

それはとても綺麗だったのです。

退屈な葬儀が行われた家の中の、畳や柩の色彩とは比べ物にならないほどに。

いま、彼の頬から鼻にかけて連なっている光の粒々。その粒のかけらは当然ながら僕の親指や人差し指にも飛び散っていて、それを舐めとるとやはり、彼に関する何らかの記憶がわずかに喚起されました。先ほどよりも、少しだけ鮮明に。

それは、笑顔でした。いま死に顔を晒《さら》している彼の、ではなく、僕の笑顔。それほど今と年齢は離れていないように見える顔立ちで、つまり比較的最近の僕の笑顔であるということになるのですが。僕は彼とほとんど会ったこともなく、葬儀の席でも当然のように一切の記憶が喚起されなかったはずなのに、僕は何故かその笑顔を彼に向けたことがあるような感覚を覚えて。

このちいさな宝石のような被膜をすべてはじききれば、そうした記憶の根底を探ることができるかもしれないと考えたのです。

僕は、彼の肩甲骨から上あたりまでが見える柩の中に、自分の顔を入れて。

彼の死体の頬へ舌を伸ばし、たくさんの光がつまった水の粒へ押しつけて、たとえば頬を撫《な》でるように、水疱を一気につぶしていきました。

ぱちぱちぱちと、舌にふれるだけでぱちぱちぱちと、はじけるほどにその膜は脆《もろ》く、舌を動かすたびに、彼の皮膚は虹色《にじいろ》の体液に濡《ぬ》れそぼっていきました。いくらの薄皮みたいな感触が歯の表面や口蓋《こうがい》に残っていて、恐らく、これは体液をとじこめるために引き延ばされていた皮膚の残骸《ざんがい》なのだろうと思いました。所々で生ずるこってりとした脂にも似た抵抗感は恐らく死に化粧によるもので、僕はそれも含めて丹念に拭《ふ》き取るように、彼の皮膚の水疱《すいほう》を味わっていきました。

気泡の入ったつぶつぶの梱包《こんぽう》材を手で絞るあの感覚、わかりますか。たくさんの空気が詰まった薄皮を一気に引き絞り、ぱちぱちと膜がはじけていく。あの音や感触。あのときの僕が感じていたのはどこかそれに近いものでした。彼の身体を絞って、自分の身をよじらせて、さらさらとした淡い液体で濡れそぼった皮膚を、それでも丹念に舌で拭き取っていく。

彼は死体なので今は何の反応もしませんでしたが、膿《うみ》のように溜め込んだ体液をとめどなく吐き出しているんだから、きっときもちいいはずでした。色のついた体液が皮膚にたれるたび、花をシラップに漬けたように甘ったるい匂いが柩《ひつぎ》の中に充満して、咳《せき》をしそうになるくらいに喉《のど》が絞まる。それでも僕は、彼の皮膚の水疱を舌で潰《つぶ》し続ける。舌と死体のはざまで光の粒がはじけるたび、次の粒が皮膚の下で成長し始めているのが舌先を介して分かりました。舌やゆびさきは敏感な器官なのですから、当然と言えば当然です。

それとともに、彼が——いや、おたがいが押し込めていたたくさんの記憶が、彼の皮膜の奥底に彼がとじこめていた極彩色の記憶が、僕の舌と鼻腔《びこう》でまざりあって、鮮明に再生されたのです。

生前の彼の笑顔が、再生される記憶の中で、少しずつ絶望にも似た恍惚《こうこつ》に歪《ゆが》んでいく。もう取り返しのつかないところまで、薄い膜がやぶれていくような感覚。あの日、彼が何らかの声を出すたびに僕は、それを楽器のようだと思ったものでした。打楽器、あるいは体鳴楽器として、それがぷつぷつと静かにはじけ続ける音と感触を、あのときの幼い僕は丹念に感じ取ろうとしていた。

柩の中の彼は、喩《たと》えるなら大きな箱の中のオルゴールでした。

その身体にいくつもついた突起をはじくたび、一音だけ何らかの音が出る。しかし単音のみで音楽を再現することは難しい。オルゴールで演奏される音を音楽として認識するためには、たくさんの音数、すなわち突起が必要になるものです。

そのときの僕がしていたのは、それに似た作業でした。ただひとつの水疱を舐めとっただけでは、彼が身体の奥底にとじこめた記憶と感覚をすべて想起することは難しい。だから、僕はたくさんの突起をはじいてはそれを増殖させ、彼の奥底で膿となった記憶を味わおうとしていたのです。

僕が一息ついた頃にはもはや彼は彼でなく、ただぎっちりと密集して光る、小さな粒の塊になっていました。それらはひとつひとつが淡く綺麗な色で輝いており、虹色以上の鮮やかさで、真っ暗な仏間をひらひらと照らしているのです。

首から上にある皮膚のすべてをとりどりの水疱に覆われた彼の死体を見下ろして、僕はオブラートのような薄皮を右の奥歯に感じながら、幾つかのことを考えていました。

なぜ僕の両親は、彼の葬儀に露骨なほど淡々と参加し、剰《あまつさ》え僕をこの家に置いていったのだろう。

なぜ彼も僕も、あれらの記憶と感覚を奥底に押し込めていたのだろう。

なぜ彼の柩は今になって、再び僕の前に現れたのだろう。

すると。

彼の死体は虹色の顎《あご》を少しだけ動かして、

二言だけ、ことばを発しました。

『こわかったからだよ　知るのが』

『お互い　綺麗なままでいたいだろ』

その声色を僕は、とても懐かしく感じて。

次の瞬間、彼の死体は柩ごと、ぱっと消えました。

僕はまた、真っ暗な仏間に取り残されてしまいました。

一応自分の寝室に戻りはしましたが、あまり寝直す気にはなれず、結局布団の中でごろごろとしながら夜を明かしたのを覚えています。

今思い返すと、彼の言うことも尤《もっと》もだなと思います。彼も、そして両親だって。あんな記憶は遠い過去のものとして、知らないままでいるほうがいいと思うのでしょうから。ただ自分の中に押し込めて、文字通り墓場まで持っていくのが、正しい選択というものなのでしょう」

という声が、誰もいないはずの仏間に響いていた。

第八章　箱庭

まっしろい部屋。
机も椅子も窓も、出入口もないその空間に、
ひとりの女性が仰向けに寝転がっている。
女性は、汚れひとつない半袖《はんそで》の服を着ている。
目は開けてはいるが、その先は何も見ておらず、
寝転がってはいるが、その姿勢は休息を目的としていない。
ただ、すべての目的性を排除したかのような。
そんな身体がそこにあった。
スピーカーのようなものは見当たらないのに、
どこからか突然に声が聞こえた。
声は部屋の中を反響したが、

それに対して女性が何らかの応答をすることはなかった。

「今日、あなたにお話しするのは、ひとつの思考実験」

その声は、男性とも女性ともとれる、
曖昧《あいまい》な声質であった。

「もしくは、言葉についての話です」

その声は、人間とも合成音声ともとれる、
曖昧な声色であった。

「例えばここに、ひとつの□がある」

何がある、と言ったのかを聞き取ることはできなかった。

ただの空白ではなく、何かを言ってはいるのだが、
その言葉そのものを理解することはできない。

しかし。

「□とは、一般的にどのような意味をもつ言葉でしょうか。

6つの平面から構成される立体。

基本的に、□と聞いて想像するのは、このような物質でしょう」

しかし「□」以外の部分から「□」を類推することは、

いくつかの連想を経れば可能であるようにも思われた。

いくつかの文脈を、その空白の中に入れさえすれば。

「対して、言葉はどうでしょうか。

試しに、言葉と□の違いについて、考えてみましょう。

相違点はいくつか挙げることができます。

質量を持つかどうか。

平面や直線によって構成されているかどうか。

しかし、その相違点は必ずしも□と言葉の相違点であるとは言えません」

女性はその言葉に応答する様子を見せない。
ただ、言葉だけが響き続けている。

「□、というものが、必ず質量を持っているとは限りません。
□は面によって構成され、
面は線によって構成され、
線は点によって構成されます。
ここで、点は『位置』のみを持っているのであり、
大きさや方向、質量は持っていない。
同じく、概念上の□について論じるのであれば、
それがモノである必要はない」

「また、モノとしての□についても考えてみましょう。
□は6つの平面から構成されると言いましたが、
本来そのような物質は極めて稀《まれ》です。
必ず、どこかに切れ目や凹《くぼ》みなどが存在するから、

□と聞いて想像するものは、厳密には□ではないはずなのですが、しかし日常生活でそんなことを気にする人はいません。見かけ上で平面に見えるものが立体的に組みあがっていれば、構成物質が段ボールでも金属でも、それは□になります」

「つまり、概念としての□も、モノとしての□も、かなり高い拡張性をもっているといえるでしょう」

「例えば、ここにひとつの筆□がある」

その瞬間。

女性の頭部が突然に、ぱきぱきと音を立てて変化した。

野菜スティックを折るような、軽い破断の音。

それと同時に、女性の骨格は、およそ人間では有り得ない形に変容する。

その肌は金属様の光沢を帯び、人間では有り得ない色彩に変わっていった。

眼球は魚のように外側へ追いやられ、やがて見えなくなっていく。

口腔《こうこう》部はひどく膨張し、ぐにゅりと横方向に伸び、大きな直方体のように膨らんだ。
その間も、女性は声ひとつ上げなかった。

十数秒をかけて、女性の頭部は、大きなひとつのペンケースに変化した。
所々に、経年劣化や何処かにぶつけたことによる凹みが見える。
銀色の光沢を帯びた、いわゆる「缶」製のペンケースである。

「□と筆□の違いはなんでしょうか。
この答えは簡単でしょう。
単純に、中に何が入ることを想定しているかの違いです」

女性の肩の辺りから生えたペンケースは、
金属製の留め具によって閉じられており、
中に何が入っているかを確かめることはできない。

「筆□の構成要素は、その名の通り、筆と□です。
容《い》れ物としての□と、そこに入れられるはずの筆。

また、ここでいう『筆』はいわゆる毛筆のみを意味するものではなく、ペンや消しゴム、三角定規、そういった筆記用具全般を内包します。中に筆記用具が入ると想定されることによって、その□は筆□になる。つまり、広義の筆記用具も、□を構成するものの一部になるのです。□□や□□□、□□□、そういった□□□全般を内包するものが、全部」

その瞬間から、先ほどまでは聞こえていた何らかの単語が、軒並み「□」という語彙《ごい》に包摂された。

その声が何を言っているのかを知ることはできなくなった。

不透明な□の中に入っているものの中身を、外側からは窺《うかが》い知ることができないのと同じように。

「もちろん、他の場合についても考えられるでしょう。例えば、ここにひとつのマッチ□がある」

すると、女性の顔は横長の直方体から一転して、縦長の直方体に変わっていった。
先程と比べたらやや小ぶりであるそれは、
側面にざらざらとした鑢《やすり》のような平面を持っていた。
ざらざらとしているならば厳密には平面でないのかもしれないが、
しかしそれは広義の平面としても解釈されるものであった。

「□□の理論に則《のっと》るのであれば、
この中にあるであろう複数のマッチ棒も、
□を構成するもの――即ち、□の一部として考えられるでしょう。
もちろん、それらの□□□□がモノである必要はありません」

女性の頭部を構成していた□、その面の、
見かけ上の厚みが、少しずつ薄くなっていく。
やがて、厚みのない完全な「平面」によって構成される□になるまで、
そう時間はかからなかった。

「概念上の□□□□について論じるならば、それがモノである必要はない。たとえば、算数のテストなどにおける□□□□パズルを考えれば、分かりやすいでしょうか。どのような位置と方向に□□□□があるのかさえ分かっていれば、□□□□それ自体は存在していなくてもいい。算数のテスト用紙のような、紙面上にある立体であっても、□として名辞されているのならばそれは□たりうるのです」

「同じことは□□□□パズルだけでなく、立体という概念を前提とするパズル全般にも言えます。クロスワードを立体物として作題する形式のパズルには、いくつかの前例がありますが、それが□を模したものであれば、クロスワードパズルであっても□になる可能性がある。要は、□を構成する面が単なる平面であろうと、□□□□パズルの盤面であろうと、最終的に形成されるものが□であれば、それは□の一部となる」

「概念上の□と同様に、想像上の□についても考えてみましょう。

例えば、ここにひとつの玉□□がある」

厚みのない平面による立体である女性の頭部が、ぐにゃぐにゃと波打つように厚みを取り戻し、物質的な木□に変化した。

彼女の首から上は、例えば子供用の絵本に出てくる宝□のような、色彩豊かなものになった。

「玉□□の『□□□』とは、化粧道具や小物、宝飾品を入れるための□を指します。玉□□の『□□□』とは、□□□□や□□、□□□を入れるための□を指します。つまり、玉□□とは、□□のように煌びやかな□□、という意味です。玉□□という言葉がほぼ固有名詞であることを考えると、この『玉』という言葉も含めて□を指す言葉であるともいえます」

「そんな□□□に詰められていたのは、何か質量をもつモノではなく、とある男性がとある場所で過ごしていた『時間』そのものでした。□□、現在、未来――いえ、現在や未来は□□□の中には入っていなかったため、『時間』の中でも実質□□こそが、

□□□というタイム□□□□の構成要素だった、
ということなのでしょう」

「タイム□□□□のように、
誰かに宛てて作られた□について論じる場合、
その『誰か』を□の構成要素として考慮するべきかどうか、
というのは少しばかり難しい問題です。
例えば、ここにひとつの段ボール□がある」

先ほどまで頭部に位置していた□□□を、
一回り大きな段ボールが包んだ。
どこからかひらひらと飛んできたガムテープがその切れ目に巻かれ、
恰《あたか》もどこかに届けるような段ボール□が組みあがった。

「これが、誰かのために作られた□であるならば、
それを構成するものの中には『誰か』は入りうるでしょうか。
その人は□の中に入ってはいないけれど、

その□が□として在る理由の明確なひとつにはなっている。そんな場合。結論から言うと、その場合の『誰か』も、□になりえます。例えば」

ここで。

段ボールに封をしていたテープが、真ん中から、ひとりでにぱりぱりと切れていった。
はたりはたりと、茶色の側面が外側に倒れていく。
中には、はじめと同じ、無感情な女性の顔があったが。
やはりその目はどこも見ていなかった。
その顔が見えたのはしかし一瞬で、

「例えば、ここにひとつの□がある」

という声が発せられると、
その顔は、いや全身は、
彼女よりも一回り大きな白い直方体によって隔たれた。
その顔があったあたりには、観音開きのような小さい扉があるが、その扉はただ厳粛に閉ざされている。

「□とは、『□□』が死んだときに作られる、死体を一時的に収容するための□の総称です。中に入っているのはあくまでも『□□』の遺骸《いがい》であり、それ自体はただの蛋白質《たんぱくしつ》の集合体でしかありません。厳密には、『□□』そのものが中に入っているとは言えない。しかし、それ自体は明確に『□□』に宛てて作られたものであり、多くの遺族は中にそのひと自体が入っているものとして扱います」

その白いものの中にいるであろう女性の姿を、外側から窺《うかが》い知ることはできない。

「『□□』のための□の中には、『□□』が入っている。

これが成り立つのであれば、

□□□専用と書かれた□□□□□の中には□□□□も含まれる、

という論も成り立つのではないでしょうか。」

少しの静寂。

「ここまでを振り返ると、
ここまでに出てきた8つの要素は、
すべて□になりうるものであるといえます」

「もちろん、□になれるものは、これだけではありません。
例えばパソコンやスマートフォンは「□」や「板」として
形容されることも多い物体です。
家やビルなどの建造物も、
平面からなり内部空間を持つ広義の直方体である以上、
それを□としても形容できるでしょう。
そう、□□□□や□□□□□□□、□や□□などの□□□も。
そもそも□□□的なものが何らかの継ぎ目を持っているのであれば、
□□□やその中にある□□、□□□も□□□□も、□として形容できます。
いや、「形容」という言葉にはそもそも「容れ物」としての概念的意味が

包摂されているのですから、「形□」そのものが「□れ物」としての「□」を前提としている、
すなわち□の一部であるといえます」
彼女を入れている白い□は、
依然として、まっしろで何もない□□の中央に在り続けている。
「このように、『□』という言葉を拡張してみると、様々なものを、文字通り『□の中に』収めることができるとわかります。ああ、そうですね。言葉の□れ物としての□という観点を考えるのならば、鍵括弧《かぎ》という収□物自体も、ひとつの□であると言えるでしょうか□
□ここまで、たくさんのものが□の中に収□されました□
□そうしなければならないからです□

□あなたのもつすべての言葉を、文脈を、
いちど、空白の中に押し込めなければならない□
□今日、あなたにお話しするのは、ひとつの思考実験□
□もしくは、言葉についての話です□
□言葉とは、形象の真空／空白に、
呼称という液体を流し込む行いを指します□
□いちど呼称が流し込まれた言葉の□は非常に堅固で、
一回でも□の中に入ってしまった言葉は、
中々取り出すことができません□
□また、いちど言葉が混ざってしまった真空から、
再び真空のみを取り出すことはできません。
そのため、ある人が持っている□の中身を空にしたいのならば、

もう一度□をつくりなおすしかない□

□つまり、形象の真空がもつ強い力を、逆に利用するのです。

あるひとつの空白を□として定義し、

その□の中に、すべての言葉を詰め込んでしまう。

文脈という蔓《つる》で結ばれたすべての言葉を連鎖的に押し込めてしまえば、

あとに残るのは巨大な空白だけ。

すべての言葉を獲得する前の、まっさらな状態に戻ります。

わかりますか？□

そこで、どこからか聞こえてきていた声は、

白い□の中にいるであろう女性に、語りかけた。

□あなたも、もうすぐ生まれ変わるの□

まるで、その□の外側にいる、神か何かのように。

□あなたがこれまで積み上げてきた文脈を、言葉を、
それに基づいた記憶を、できるかぎり□に紐《ひも》づける。
□のもつ真空に引き寄せられた記憶と人生は、
やがて□の構成要素のひとつとなり、
またひとつの□になる。
あなたがもつ固有の記憶を、
すこしだけ□の中で疑似的に飼う。
そんな□庭療法めいた手順によって、
あなたの記憶すべてをひとつの空白に置き換える。
またすぐに、新しい言葉を空白の中に詰め込めるように□

□今から**あなた**は、この□の一部である□□□は、
□□という大きな□に□れられることになる。
ああ、そうか。今となっては文字という□□も
□□□□になってしまうから、
□□□□□□□□□□□□□□。
□□□□□□、□□／□□□□□□□□□□□□□□。

□□□□□、□。□□□□□、
□□□□□□□□□□□□□□□□□。
□□□□□□□□□□□□□□□□□□
□□□□□□□□□□□□□□□□□□□□
□□□□□□□□□□□□□□□□□□□
□□□□□□□□□□□□□□
□□□□
□□□□□□□□□□□□□
□□□□□
□□□□□□□□□□
□□□□□□□□□□□
□□□□□□□□□□□□□□□
□□□□□□□

□□□りました、じゃあ、一瞬だけ。
最後に一瞬だけ、あなたに、もういちど言葉をあげましょう。
それで、なにを訊《き》きたいのですか」

「はい」

彼女は、
柩から顔を起こした彼女は、
その無表情を崩さないままに言った。
「わたしのはこにわは　きれいでしたか」
「ええ、それなりには。美しいものばかりではなかったけれど」
「——□□□□□□□□□□□□□□□□□□□□□

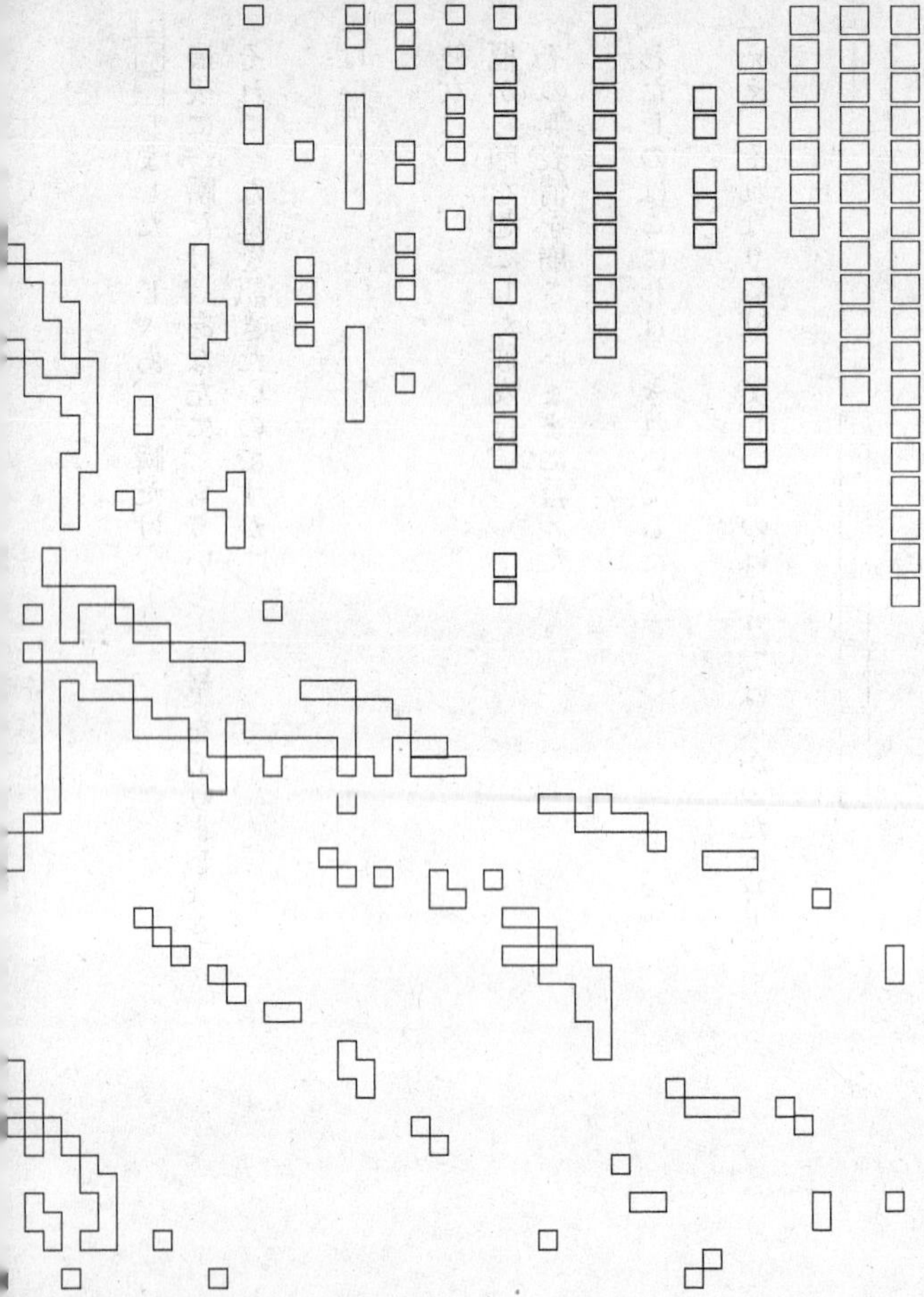

本書は書き下ろしです。

ここにひとつの□《はこ》がある
梨《なし》

角川ホラー文庫　24422

令和6年11月25日　初版発行
令和7年5月15日　5版発行

発行者———山下直久
発　行———株式会社KADOKAWA
〒102-8177　東京都千代田区富士見2-13-3
電話 0570-002-301（ナビダイヤル）
印刷所———株式会社KADOKAWA
製本所———株式会社KADOKAWA
装幀者———田島照久

●お問い合わせ
https://www.kadokawa.co.jp/ （「お問い合わせ」へお進みください）
※内容によっては、お答えできない場合があります。
※サポートは日本国内のみとさせていただきます。
※Japanese text only

ISBN978-4-04-114309-4　C0193

角川文庫発刊に際して

角川源義

第二次世界大戦の敗北は、軍事力の敗北であった以上に、私たちの若い文化力の敗退であった。私たちの文化が戦争に対して如何に無力であり、単なるあだ花に過ぎなかったかを、私たちは身を以て体験し痛感した。西洋近代文化の摂取にとって、明治以後八十年の歳月は決して短かすぎたとは言えない。にもかかわらず、近代文化の伝統を確立し、自由な批判と柔軟な良識に富む文化層として自らを形成することに私たちは失敗して来た。そしてこれは、各層への文化の普及滲透を任務とする出版人の責任でもあった。

一九四五年以来、私たちは再び振出しに戻り、第一歩から踏み出すことを余儀なくされた。これは大きな不幸ではあるが、反面、これまでの混沌・未熟・歪曲の中にあった我が国の文化に秩序と確たる基礎を齎らすためには絶好の機会でもある。角川書店は、このような祖国の文化的危機にあたり、微力をも顧みず再建の礎石たるべき抱負と決意とをもって出発したが、ここに創立以来の念願を果すべく角川文庫を発刊する。これまで刊行されたあらゆる全集叢書文庫類の長所と短所とを検討し、古今東西の不朽の典籍を、良心的編集のもとに、廉価に、そして書架にふさわしい美本として、多くのひとびとに提供しようとする。しかし私たちは徒らに百科全書的な知識のジレッタントを作ることを目的とせず、あくまで祖国の文化に秩序と再建への道を示し、この文庫を角川書店の栄ある事業として、今後永久に継続発展せしめ、学芸と教養との殿堂として大成せんことを期したい。多くの読書子の愛情ある忠言と支持とによって、この希望と抱負とを完遂せしめられんことを願う。

一九四九年五月三日

堕ちる
最恐の書き下ろしアンソロジー

宮部みゆき　新名智　芦花公園　内藤了
三津田信三　小池真理子

伝統と革新が織りなす、究極のアンソロジー！

あらゆるホラージャンルにおける最高級の恐怖を詰め込んだ、豪華アンソロジーがついに誕生。宮部みゆき×切ない現代ゴーストストーリー、新名智×読者が結末を見つける体験型ファンタジー。芦花公園×河童が与える3つの試練の結末、内藤了×呪われた家、三津田信三の作家怪談、小池真理子の真髄、恐怖が入り混じる幻想譚。全てが本書のために書き下ろされた、完全新作！　ホラー小説の醍醐味を味わうなら、まずはここから！

角川ホラー文庫

ISBN 978-4-04-114077-2

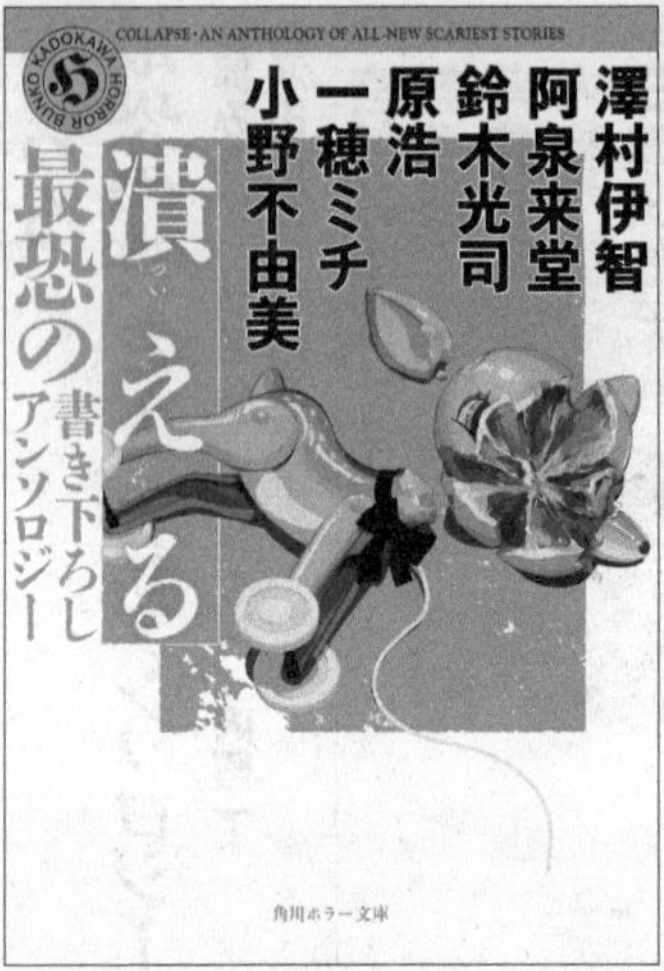

潰える 最恐の書き下ろしアンソロジー

澤村伊智　阿泉来堂　鈴木光司　原　浩
一穂ミチ　小野不由美

大人気作家陣が贈る、超豪華アンソロジー！

「考えうる、最大級の恐怖を」。たったひとつのテーマのもとに、日本ホラー界の“最恐”執筆陣が集結した。澤村伊智×霊能&モキュメンタリー風ホラー、阿泉来堂×村に伝わる「ニンゲン柱」の災厄、鈴木光司×幕開けとなる新「リング」サーガ、原浩×おぞましき「828の1」という数字の謎、一穂ミチ×団地に忍び込んだ戦慄怪奇現象、小野不由美×営繕屋・尾端が遭遇する哀しき怪異――。全編書き下ろしで贈る、至高のアンソロジー！

角川ホラー文庫

ISBN 978-4-04-114073-4

ISBN 978-4-04-114383-4